不肯低头 在草莽

杨谔——著

周蓉——编

南方出版社
·海口·

图书在版编目（CIP）数据

不肯低头在草莽 / 杨谔著；周蓉编. -- 海口：南方出版社，2024.6
ISBN 978-7-5501-9040-5

Ⅰ.①不… Ⅱ.①杨… ②周… Ⅲ.①散文集-中国-当代 Ⅳ.① I267

中国国家版本馆 CIP 数据核字（2024）第 111454 号

不肯低头在草莽
BU KEN DITOU ZAI CAOMANG

杨谔 著　　周蓉 编

责任编辑	杨　乐
出版发行	南方出版社
地　　址	海南省海口市和平大道 70 号
邮　　编	570208
电　　话	0898-66160822
传　　真	0898-66160830
经　　销	全国新华书店
印　　刷	北京北印印务有限公司
版　　次	2024 年 6 月第 1 版
印　　次	2024 年 6 月第 1 次印刷
开　　本	787 mm×1092 mm　1/16
印　　张	17.25
字　　数	228 千字
定　　价	68.00 元

目　录

墨刀录：我书意造本无法

　　　　　书法篇 / 001

懒翻书：占得人间一味愚

　　　　　杂览篇 / 073

万物生：八千里路云和月

　　　　　文化篇 / 147

风吹过：细数新荷出水来

　　　　　闲情篇 / 237

序

周 蓉

一

2023年的12月吧，杨谔来我办公室，聊了会儿之后，他说："我计划要出本新书，稿子已经都写好了，十七八万字，你有兴趣帮我理一理吗？"

这话说的，凭咱们的交情，没兴趣也得有兴趣啊！

彼时，我正准备写篇关于期刊研究的论文，桌上铺了一大叠的资料。杨谔开了口，我就把资料们收一收，搁置在了一边。

我花了三周的时间，把全书的编撰体例理了个大概，删减了一些，遵照作者的意思，把几个篇章的标题拟好了。

杨谔拿了回去，过了几天给我反馈：看得出你是下了功夫的，标题也好，跟平时的不学无术很有反差。

杨谔这人我懂的，有时喜欢以贬代夸。但我不准备领他的情，就回他：我的任务已完成，以后请非急勿扰。

我又把那叠被搁置的论文资料拿出来继续。一周后，杨谔又登门了，"这是二稿，你开了个头，还得麻烦你再看看哪里需要调整，书名也得想一个"。

他一坐不走,顺势还跟我讨论了开本、纸张、定价……

……好家伙。我只好又花了两周时间,把这叠从十七八万字变成的十五六万字重新理了一遍。心中暗暗发誓:到此为止!到此为止!

开年后,这位不知趣的朋友又来了,"这是三稿……序言我觉得非你莫属,你不能看着它荒在这一步……"

一个人能把另一个人道德绑架至此。我只能慨叹,有了杨谔这样的朋友,我大概连敌人都不需要了。

就这样,这份天下最倒霉的活儿之一——给人作序终究还是落在了我的身上。

好吧,既来之,则安之。

二

相对于阅读,我其实不是很喜欢写作,尤其是评论。就像程德培说的:"当代批评的难处在于,你既要十分注重文本对象的无法言说和难以言说,又要留意表达自身的无法言说和难以言说。"[1]所以,尽管我也算是编者,但所感所论的必然也会在某种程度上跟作者的本意产生异质的对立。

杨谔的这本书,由四百多则或短或长的随感组成,写作时间纵跨了十几年。如果说这本集子有什么关键词的话,那就是"冷热交融"。看起来似乎相抵相悖,却是作者的一体两面。

---

[1] 程德培:《黎明时分的拾荒者》,作家出版社,2019年版,第2页。

序

清代包世臣论王羲之的字时曾说，王的字画之间，字与字之间，如老翁携带幼孙，顾盼有情，痛痒相关。杨谔的文字亦是如此。单看他的段章，或长或短，思考的疆域，也有大有小，但段与段之间，篇与篇之间，也真如"老翁携带幼孙，顾盼有情，痛痒相关"。

这份"有情"，用更通俗的话来解释，就是用冷眼写热情。

从艺三十多年，身兼书法家、作家、评论家等多重身份的杨谔，对文艺圈文化圈的流动、更迭、破坏、建设，不可谓不知之，不懂之，但他硬是挺着不到漩涡的中间去，也不到码头岸上去做观者，而是在水里找一块礁石立下来，在被动里做些主动的事。

这些年来，对于"新"，对于"变"，杨谔一直持有一种清醒的警觉。他明白，新和变是一种危险又迷人的东西，它们是偶然，是奇迹，是丰富，但同时也是混乱，是干扰，是迷惑。许多人也许就在它们的炫目中忽略了原本该坚持的"旧"与"古"。

杨谔不媚新，不媚潮，但也不一味媚古。他在评友人卫剑波的书展时，就称道："卫兄对当今众鹜趋之的钟繇、文徵明、王宠、黄道周及北碑类小楷目不斜视，在一众纷攘中独彰'守卫'的价值与魅力。"（《守卫与创新》）但他也自言："书法不可太古，太古易旧，乏生气，少活力；亦不可太新，太新易浅，无内涵，无余味。须于传统中出新乃得。"（《古与新》）

杨谔当然明白，也自信地认为，自我的创作创造之路，是一条正道，即便难免于沧桑，但他自身必义无反顾。然作为艺坛前辈，或身为人师，那份天然的必然的道德情怀又使得他无法"独善其身"，他想

"兼济天下"。

所以他既冷眼旁观，又热烈呼吁。他写下那么多谈书法、论文学、探艺道的文字，他自己虽从不说，但我知道他内心的着急。这份急不是为自己，而是为更多的青年人、后来者。这位"腹中贮书一万卷，不肯低头在草莽"的书法界武士，纵身一跃，在世情艺境中来回游走，有时看他苦心经营的模样，几似鲁迅"自己肩住了黑暗的闸门，放他们到宽阔光明的地方去，此后幸福的度日，合理的做人"。

这本野气横生、杂花生树的心灵漫游史，正是杨谔送给世间有心人、有情者的一份礼物，愿你懂得。

这本书不乏对文艺创作一些现象的失望与忧思，但更不缺有力热情的建议与提醒。就像迟子建在她《群山之巅》中写过的："说它们是他暗夜中的蜡烛，是严冬中神仙送来的烛火，是他生命的萤火虫，总之，都与光和热有关。"一句话，杨谔不仅做到了在阴影中思索，而且做到了在阳光下歌唱。我想，这大概是《不肯低头在草莽》最难能可贵的地方了吧。

"洞房悬月影,高枕听江流。"在急速的挥运中,我听到了星河旋转的声音。

墨刀录:我书意造本无法

书法篇

草书 咏月诗册(局部)

门

先人造字，师法天地万物。老子《道德经》第一章即云："无，名天地之始；有，名万物之母。"无与有，"同出而异名"，乃"众妙之门"。故当今书法，欲求根本之突破，当首求其"门"。

从书法到书法，求突破之门，犹如于一充满烟雾之密室，拼命鼓吹，人陷迷障如故。于书法之外求突破之门，格物致知，法天地万物、人事百态，则如为密室开了通风之窗，烟雾消散，一室洞然。王安石对曾子固说："读经而已，则不足以知经。"讲的也是这个道理。

有哲理存焉

楷书、隶书与篆书，统称为正书。正书作品布局时多行列对齐，字形大小亦趋均等，遂生整饬有序之美。行书与草书，古人常统称之为草书，布局时多作疏密、欹正变化，字形大小参差不一，然有浑然一体之感。作正书宜静中有动，正中有欹，富表情，否则如死水，成木偶；作草书宜动中见静，欹正相生，否则为躁勇，入浮滑。草书若取正书布局之法，易致涣散杂乱；正书有行无列可，然不宜作欹斜、疏密之法，恐生造作之弊。细加玩味，其中大有哲理。

枯笔

作书以枯笔最难。枯中见滋润,笔枯而神旺,似此方为好枯笔。王铎、林散之,长于枯笔之大师也。除去虚度者,吾奋力学书已有30年,然近日方有较为满意之枯笔数字,杂于四尺整纸狂草中,滋润、神旺之外,又别具异态。

得法与用法

临帖学书,贵在得法。得法之后,贵在灵活用法,我为主帅。如人划桨,深浅、快慢、力之大小、身之姿态等等,均由自己相机而行,不必再为他人所束缚。

全局与片段

草书最讲究旋律美,但大小草有别。大草是把整幅作品当作一个"乐句"来处理,不很注重单个字的节奏变化,其妙宜在全局。如怀素《自叙帖》。小草是把单个字当作一个"乐句"来处理,曲尽变化在点画,其妙宜在片段。如孙过庭之《书谱》。

形工 意工

结构精准，点画有法，谓之"形工"；宣泄情感，纤微生动，恰到好处，谓之"意工"。孙伯翔先生论书曰："书家所书，既是点画，又是感情。"此乃形、意兼工。二者不可兼，则宁舍形工，勿弃意工。世人之好，与此相背。乐为心声，书为心画；笔随心动，心动迹留。岂可受制于法式而求形之工也？

相互

点画乃字之构件，字乃作品之构件，习点画当于一字之中习，习字当于一件作品中习。何以故？构件乃整体之局部，所谓局部，实亦整体之一种。彼此相互依存，难以独立生存。书作之变，借字之变而成；点画之变，应书势之需而变，无无来由之变。"穿花蛱蝶深深见，点水蜻蜓款款飞。"蛱蝶若非"穿花"，何用"深深"才见？蜻蜓若非"点水"，何关"款款"之飞？两者互为因果。书法局部与整体变化之关钮亦如之。

学北碑

学北碑忌作家气、油滑气，亦忌村夫气、豪强气，亦不能偏于文秀。粗俗绝不会等同于朴拙。北碑之美在生辣、质朴与变化自由。北碑一碑有一碑之风貌，书理一致而出乎自由。学北碑可强筋骨，破板刻，然亦易致造作与荒诞支离。如是故，学北碑不宜"照抄"，而宜"改造""独立"。赵之谦学北碑齐而媚；于右任文而肆；孙伯翔早年野而质，晚年平而奇、质而文。

大草行笔

连绵大草，其势如狂风满征帆，行笔不得有片刻之泄劲与分神。若有懈笔，则帆破风逝，大势顿失。

狂而不颠

用纯羊毫大提斗写草书，易得苍润之效，亦易支离失控，故运笔宜稍缓，因笔毫之弹力与翻折应变之速度不如兼毫之故。现代草圣林散之喜学怀素狂草，别具苍浑滋润之美，然无醉素之神鬼莫测之机变与劲疾。狂而不颠，意狂而形不狂，当与其所使用之长锋羊毫之质性亦有关系。

长线条

世人作草书喜拉长线条，为布局疏密计，亦为畅情达性之所需。多则滥,过则伪生。印象中草书大师王铎多作长线,察析其代表作数件,与印象不同。绝不多作,亦不过度,粗细长短、形态、分布之位置均极讲究。纵使草书,亦当有理性之节制,信然!

一树繁花

楷书不妨一字为一个世界,合为整幅,则如一树繁花。魏《伏君妻昚双仁墓志》,每一字之构成均为一生动丰富之矛盾统一体,众妙毕备。以整幅观之,因所有字之"振动"(生动)均在同一频率(风格、手法),故虽"字字独立",然仍能获得整体之和谐。

矫正

张旭草书《心经》,线性、节奏、方圆、情绪均恰到好处,遂成杰构。后之模拟者,易生信笔之弊,惟理性能矫之。有信笔过甚反被捧为大家者,惟良知能矫正之。

洛神赋十三行

董其昌谓王献之《洛神赋十三行》得"疏隽"之法。"疏",布局疏奇,字法历落;"隽",洒脱冲逸,风度翩然。该碑"清""瘦""劲"兼具,世人学之,得形廓易得神气难。有得"疏"而失于"散""薄",有得"隽"而失于自然。董其昌能疏秀，然已不复六朝风流矣。董是另一番风神，用情丘壑，醉心书画，高蹈自赏，无直面人生之勇气。王献之疏隽之根基乃其清高与孤独，如阮籍之哭，与世相违。钟繇古肥，献之今瘦，"今瘦"实当时之"今妍"。要之，一代自有一代之偏好，《洛神赋十三行》为艺术之极品，乃天地日月之精华聚于一地一时借一人之妙手而发，所谓应运而生者也。今时已非彼时，人亦非彼人，难以再现。

气

书法之气隔行不断，古人称之为"一笔书"。一件书作，即一独立世界：气不外泄，团成一气；自始至终，一气贯之。气连、气聚、气活，有技法的因素，比如穿插勾连、疏密对比、正侧呼应；也有技巧所无法解决的，比如畅达与生动、肯定与阔大，主要源于作者对艺术的认识、创作心理与价值观等。下笔有由，心中无滞，其气必然畅达。气息的清浊，根源于作者的心灵与审美修养。扩而思之，其他艺术诸如文学、音乐、美术、建筑，也都有一个"气"的问题，其理也无不如此。

一步一回头

创作书法，尤其是巨幅、长卷、多条屏，不能埋头写去，须要时时回顾，调度变化，即书作之意气，也要有所响应与发展：或提挈纲要，或暗度情节，或加以抑扬，或一唱三叹。王铎《文丹》中有一妙喻："文认题，如引婴儿入市，一步一回头。"

羊毫

羊毫难驭，若求苍茫、浑厚、奇怪又兼含蓄之味，羊毫则远胜于兼毫、硬毫。

"意外"

草字变化最多又最微妙，虽稍稍掌握了些规律，仍时出"意外"。我近年作草，常于一些常见字上出错，匪夷所思。后作反省，乃悟草率故也。凡事草率不得，作草亦如此，作文亦如此，作人亦如此，总宜虔敬为好。

作草

作草前宜先吟哦所书之内容一两遍，深入理解，反复培养与文字内容之共鸣，此法亦有利于发现草法不熟悉之字，及早准备。作草时如遇"笔塞"，切忌停笔查找，宜以己意作之，或因此而新意出焉。作草书犹如读小说，最怕语言拖沓、情节相似，故事结局又在人意料之中。

笔墨

董其昌《画旨》中有这样一段话："古人云：有笔，有墨。笔墨二字，人多不晓。画岂有无笔墨者，但有轮廓而无皴法，即谓之无笔；有皴法而不分轻重、向背、明晦，即谓之无墨。古人云：石分三面。此语是笔，亦是墨。可参之。"（有专家指出这一条画语抄自莫是龙《画说》第十一条）对这条画语试作分析，看对于论书法是否有帮助："但有轮廓而无皴法"一句，好比书法只有轮廓架构，而无运笔之法则；"有皴法而不分轻重、相背、明晦"一句，犹如作书合乎"八法"，但不能顾盼生动。如是，书法之有笔有墨，或许可理解为既合乎"八法"，又能变化生动。

圆与扁

2007年在南京美术馆办个展，庄希祖先生指着我的狂草《琵琶行》八条屏说："书法的点画要圆。林老（散之）说中锋未必圆，侧锋未必扁。"我忙问："何为圆？何为扁？"当时人多，庄先生未予作答。我于是作这样的理解：所谓圆，指执笔中正，笔锋平铺，用篆书法，点画两侧及中间均作饱满状，呈立体。何为扁？如一物只具两面，几无厚度，如篾片一般薄，论之于点画，则墨于纸如物浮于水面，倾侧飘忽。偏锋力弱。今读包世臣《艺舟双楫》，其中有云："曲直之粗迹，在柔润与硬燥。凡人物之生也，必柔而润；其死也，必硬而燥。草木亦然，柔润则肥瘦皆圆，硬燥则长短皆扁。是故曲直在性情而达于形质，圆扁在形质而本于性情。"乃悟所谓"圆",实为"活"也;所谓"扁",即为"僵"也。两者均本于人之性情也。

夏云之妙

夏云变幻之妙,在自然,在无常形,在无常势。张旭草书《心经》、怀素草书《自叙帖》有此妙。此乃草书之精奥处。然世人作草,喜循他人之迹,仿而效之,不求自立,自以为得,实与草书精神已相背离。

状态

作书贵在状态。不在状态,即使临帖也会动辄掣肘,点画浮乖;在状态,则亦拙亦奇,既巧且真,大刀阔斧,而无不宛合。

"沸点"

草书当有收、放之别,细想这收、放之背后,激发情感的源点有所不同。有的草书家"沸点"(兴奋点)低,如张旭、怀素、徐渭、王铎之类,他们往往一下笔就进入"放"的状态,到中途时再杂之以"收";有的沸点高,如王羲之、八大山人、董其昌之族,内敛,写着写着,情绪上来了,才"狂放"上几笔,马上又回过去了;还有一种是稳定型的,如黄庭坚、赵孟頫、沈曾植,情绪和节奏都较为恒定,很少作大开大合、大收大放的变化。仅从收与放这方面现象观察，其根子当在书家之天性，似与所书文字内容关系不大。

刘熙载《艺概·书概》说："草书尤重笔力，盖草书尚险，凡物险者易颠，非具有大力，奚以固之？"故无论是处于"收"的状态还是"放"的状态，对笔力强大这一要求是一致的。然强大并非一味地"猛"与"快"，猛与快不一定就是真有力量。昔人言索靖草书如飘风忽举，鸷鸟乍飞，此是对草书"百变之力"最好的描述，宜细味之。

八分书

所谓"八分书"，实际上就是篆意较浓的隶书，也即由篆向隶进化过程中的早期隶书。"八分书"，类似于人在正式上学前所叫的乳名。汉代早期的简帛书，如昭宣时的定县汉简、五凤刻石（公元前56年）、《开通褒斜道刻石》、《夏承碑》等应该就是八分书。后来的汉隶作品中也夹杂有篆意颇浓的隶书，当为八分之孑遗。明代篆刻家吾邱衍在《学古编》中说："八分者，汉隶之未有挑法者也。比秦隶则易识，比汉隶则微似篆，若用篆笔作汉隶字，即得之矣。"据此说，则于秦权上偶见八分书之影子，亦顺理而成章矣。

前述篆意颇浓之"分"是"分数"之"分"。（据蔡文姬言：八分书是割程（邈）隶书八分取二分，割李（斯）篆二分取八分，即隶二篆八。）又有人言"分"乃"分别"之分。"分别"之分，其字若人之相背作分别状，又隶之撇捺，其状若"八"字，与篆书作圆转平直中正有别，故名"八分"。

自然的节奏，生命的律动。无限的虚空，无比的充盈。

隶书 杜甫诗

意连

作书最忌笔笔另起,气脉中断,贵在浑然相扣如一生命之整体,中含虚实疏密、跌宕起伏、强烈对比。浑然一体之要在"意连",意连即气连。笔断意连可,笔连意断则不可,描画"牵丝"或字字相连者,乃笨伯耳。

五体之"用"

习篆书能让人专注谨严,习隶书能让人沉静敦厚,习楷书能让人端庄肃穆,习行书可让人潇洒风流,习草书可让人激越奋发。

小笔大笔

一友与我同临怀素大草《千字文》。友持小笔,一丝不苟;我持大笔,狼奔豕突。置之桌上,友大似,我多不类。后悬诸壁上,远观,我大似,友多不类。乃悟小笔易形似,大笔易神似。形胜者宜近观,神旺者宜远观。近观远视皆宜者,则为高手。

转折之法

董其昌曰:"画忌笔滑。欲其觚棱转折,不为笔使。"书亦如之。

"滑"易致"油";"为笔使"即人为笔奴，信笔无所主张。两者均书家之常见病也。又云："所谓转折者，在断而不断、续而不续处着力。"此为一法，非全法。愈是断处，愈当全神贯之。转折之法，用力之外多用意耳。

精于笔法

怎样才算精于笔法？在一套固有的程式里把笔使得精熟，还算不上精于笔法，当得起"精"字者，必得有独到处，有异于他人处。任情恣性，与传统若即若离，似合非合，或成后来者心目中新的传统。书史上之"二王"、"颠张醉素"、颜鲁公、米芾、董其昌辈，方当得起一个"精"字。当今所谓"精于笔法"者，大多为"奴"耳。

"草书"

"匆匆不暇草书"，语出卫恒《四体书势》。为解此语，历来聚讼纷纷。若标点为：匆匆，不暇，草书。则可理解为：太匆忙，无多余之空闲，只得写草书。如此，草书二字作为书体之一种来理解。五体之中，草书结构最为简略，书写速度最快。若把此处草书二字理解为：草草（马马虎虎）而书，亦未尝不可，则其中含有自谦之意。

黄庭坚《书自草李潮八分歌后》："元符三年七月二十三日，余将至青衣，吾宗子舟求余作草。拨忙作此，殊不工。古人云，匆匆不暇草，端不虚语。时涪翁年五十六矣。"黄庭坚此处所言之草，乃书体之一种；

"殊不工"之"工"，是"精致""精妙"的意思。草书初起，原为求捷，多有潦草不工之成分，后在成为独立书体之发展过程中，不工（马虎）之成分渐次消失。据我体察，匆忙之间，确实不利于写好草书。书兴勃发之时作草书，亦非因匆促，亦非由于心态之遽迫，实是有余暇、心能静笃专注之证明。其中因果，细思自明。

呼应

篆刻艺术，方寸之间气象万千，布局时特别讲究呼应，或以点画，或以留白，或以残破。文学也讲呼应，诗歌散文如此，长篇小说亦如此。呼应能使前后皆动，通篇一体。书法创作，尤其是巨幅、多条屏、长卷之类，更宜有呼应，令通幅浑然，无令一点一画孤落于局外。王铎擅以涨墨渴笔呼应，徐渭擅以结构变化呼应，怀素《自叙帖》则以旋律之反复来呼应。没有定则，各有巧妙。

篆刻的继承与创新

观赏秦汉古印时，有人谈到了篆刻的创作问题，我对篆刻的继承和创新有这样的看法：秦汉印属青铜器皿中的微型器，亦源于实用，种种修饰变化，均为工艺美术之手段。提倡复原和回归，一不可能，二意义不大，走纯艺术之路也许是唯一出路。以抒情写性为旨归，在本质上最大限度地逼近书法、绘画和音乐，一如李白"作诗非事于文律，取其吟以自适；如神仙非慕其轻举，将不可求之事求之，欲耗壮心、遗余年也"。不然干脆回归工艺美术好了。另外，就入印文字的艺术性而言，其趣味也远远比不上秦砖汉瓦，当然更比不上一般意义上的书法。印章"微型"的特点限制了发挥。艺术变化须在一个大的平台上才能尽情发挥。人事亦如此。"微"只能往精里做，但微的"精"很难有"深"度，也难有广度，反而容易陷入小趣味。

拆去栅栏

吴昌硕刻印使刀如笔，似刻实写，有提按、正侧、快慢、起伏之妙，充分细腻地传达出印人的思想情感，拆去了隔在人心与刀石之间的栅栏。他的印没有华饰，朴拙真切，生动灿烂，美之至也！

胡澍之篆

清代篆书家胡澍，长赵之谦四岁，与赵友善。胡澍小篆厚、润、坚、劲，笔法自由、随性、多变、亲切。赵之谦小篆敦厚者，少胡之俊爽；妩媚者，少胡之端庄。胡澍小篆，敦厚处不失俊爽，秀媚处不失端庄，如端人志士，来自田野，眉宇间有质朴之气隐现。

胡与赵互为师友，若论小篆，则赵取胡为多。胡篆以本色，赵篆以理念与程式。赵尝评胡曰："我朝篆书以邓顽伯为第一，顽伯后近人惟扬州吴熙载及吾友绩溪胡荄甫。……荄甫尚在，吾不敢作篆书。"吴熙载之小篆亦不如胡，无胡之格高与厚实有味。赵之评当为实话。学赵易而学胡难，形式易至而风神难求之故。风神者，书家之本色与精神也。当今学篆者，只知有赵，不知有胡，近年国展更有"赵之谦门"之说。艺术之取向乃人心之风向标，趋媚弃质，实堪哀也。

三家之妙

吴昌硕刻印，取法汉铜印汉封泥，此为其"貌古"处；字法、刀法多为写意，自然而古，此为其"神古"处。黄牧甫印边、字法完整，刀法光洁劲挺，妙在神气古雅，为他人所难及。赵之谦妙在"印外求印"，丰富了篆刻艺术的表现手法，拓展了表现领域，艺术"观念"开放。

用印

书画作品上钤印，如人簪花，合与不合，在气质不在形制。观人所用之印，可知其人对艺术理解深浅喜好之大概。常有书画家自刻用印，不甚工，然颇合，内在精神相通之故。

刀法

一方印，篆法、布局是基础，可以反复雕琢和打磨，犹如制作家具时谋求好料好样式。刀法是关键，字法、布局之妙多赖之以实现。刀法机械刻板,字法及布局再巧妙也会因此而平庸;灵活机敏的刀法,可为字法、布局锦上添花,也可为它们弥补不足。故治印,以刀法最为重要,才情、卓识、胆魄均集合于此,借"运刀"而迸发之。

兼顾

为他人刻印,宜兼顾其人之阅历、性格、修养等,统摄众因为"一色",调此"一色"入"我色",成"第三色",此第三色即为他人所刻之印也。又不能一味顾及他人之风格,"我色"当占六七分、七八分,意在令所刻之印既与他人作品有相合、相调和处,又不失自家本色。此理亦如与人相处,有些事可以迁就,某些事则须不失原则。

常新

有人以为:中国书画艺术已至穷途末路,很难再有突破与创造。此是对艺术特质与发展规律了解不够之故。

艺术脱离原始阶段之后,不再具有进化之性质。作品之形式与技法具积累性,亦具继续发展性。艺术作品乃社会生产力总和之反映,故作品内容本质上有不可积累之特点。哲学亦如此。亦可如此言:正常之创作,艺术作品之内容(思想、情感、审美风格等)须从头开始,因而常新,故世上有多少颗艺术之心灵,即能创作出多少件不同之作品。

诗意拨动了我的心弦,书兴犹如明月东升。心境即印境。

篆刻　天地一沙鸥

找感觉

"感觉","寻找感觉",书画家们常如是说,然各人对"感觉"的理解又不尽相同。

有人把"感觉"理解为"手之感觉"。指创作时手指处于灵活状态,适应所使用之工具、材料,熟悉创作内容。找此等感觉之过程,好比田径赛前之热身。

有人把"感觉"理解为"心之感动""创作之冲动"。生活多姿多彩、气象万千,艺术家投身其中,有动于心,涵泳之、酝酿之、提炼之、升华之,待心如撞鹿,腕底有真气盘旋,乃一击而"艺"成。大画家黄胄曰:"我的绘画,都是从生活中来的,生活是源泉、是根,任何艺术家都要靠自己的努力,不能靠天才,努力不能在房子里努力,离开生活就没有激情,画也慢慢变颜色。"

前者止乎手,后者发于心,高下无需多言。

写字

写得漂亮的字不一定是艺术,依葫芦画瓢或搭架子唬人也不能成为艺术,叫好者众者恰恰大多不是艺术,高级的艺术是寂寞的。书法艺术的最高境界是写字但又不是写字,唯真识者知之。

难见高峰

当今艺术创作为何难见高峰？若仅就创作者自身而言，主因有二：对艺术之特质认识不深，精致利己主义泛滥。前者导致目光短浅，格局趋小，极有可能以好心办错事。后者必然无悲悯之情怀，无崇高之追求，脱离生活，如墙头之草。思想偏狭，情感卑微，纵使知识再多，表现技巧再高，又有何用？

支撑

书以能自结撰为极则，但需要志向、胆魄、审美等底气的支撑。

误解

世人多以技术为艺术，以技巧为才能，以成功为成就，此真大误解也。艺术须独特、深刻与卓越。技术、技巧与侥幸获得之成功，均为极表层的东西，远未涉及艺术之精神内核。

忽在眼前

书艺的追求是一个寂寞的长征。掺杂功利、投机取巧，索之弥急、即之弥远；心闲气定、兀兀穷年，水到渠成、忽在眼前。

灵魂

有灵魂的艺术才是美的。

"生""熟"

"熟"是"俗"的近邻。"熟"后"生"才会美。倪云林画画始终守"秀嫩"二字，何为嫩？生也，新也，朝气也，生命也。于书法，我喜生不喜熟，即使是青涩之生，我也爱之甚于熟。两者的未来不同。

读书、写字

当今书法的希望建立在提倡读书之上。光读书少习字，不一定行；光习字少读书，则肯定不行。

心法

《华严经》言："心如工画师，能画诸世间，五蕴悉从生，无法而不造。"为艺之法千百种，"心法"为根本大法。唯以"心法"为法，方能升至塔尖。

当回事

不要把自己能写几个大字太当回事。太当回事的人他的能耐往往也就是只会写几个字而已。

联想之念

鉴赏书法,常以人、物之形、态作比,习字之际,宜常生此联想。联想成习,遂由"字"而人、物,由人、物而"字",初得形,复有神。形神合一,书人合一,天人合一,道亦至矣。

入书

吾少时,照相为稀罕事,某人照片好看,人即曰:某人"上相"。绘画一道,人、景、物有"入画"之说。书法所书之字或诗文,实亦有"入书"与"不入书""不易入书"之分。同一书家,以同一书体书甲诗文佳,书乙诗文则不佳,乃常有之事。入书之难易,主因有二:诗文自带之情感、节奏乃至品格;诗文中汉字之组合、造型是否易于变化与布局。一般而言,大家之诗文较小家之诗文更易入书。

吾书汤显祖诗《江宿》,四尺对开横幅。初拟一律草字,书前觉"寂""看""映"三字若作行书体则更利于布局,乃以此三字作行书嵌于草字中。连书三纸，均有生动之画意，此乃诗句易入书故也。

明清之徐渭与傅山，狂草中常夹行书，或亦有此等考虑，后人视之为书法艺术表现形式之一种——"雨夹雪"，大加追摹。然无视产生之因由而大加效仿，岂非东施效颦也？

万殊与一相

书法不同于绘画，囊括万殊，裁成一相；又以一相而包蕴万殊。前者乃高度之凝练，是杂多之统一；后者乃无限之丰富，于一滴水中见阳光。书法囊括万殊之能，可溯源至造字之初："象形"乃概括事物之形神；"形声""会意""指事"诸法，于象形之外附丽更多想象；"转注""假借"，一再拓宽汉字语意之疆域。

古与新

书法不可太古，太古易旧，乏生气，少活力；亦不可太新，太新易浅，无内涵，无余味。新旧之感，难以确切指陈以言，总之在气韵不在形质，须于传统中出新乃得。

不工处

"工"之佳者，其中必包蕴诸多"不工"。"工"乃其予人之大致印象。长空雁群,俨然有序,小大一律,此乃观者之错觉。整齐是其大,不同是其小。所谓"不工",乃"整齐"大框架之下种种变化:大小、曲直、长短、刚柔、离合、正侧,故其不工处,正其生动处,亦其极工处。一味求工,作书横平竖直,作画毫厘不爽,愈工愈俗。

书胜诗

严维《酬刘员外见寄》有句:"柳塘春水漫,花坞夕阳迟。""漫""迟"二字,言情细腻而多方,欲说而无尽。草书亦能传达此类情绪者,多借点画。毫端之起伏顿挫,随心而动,刹那间情牵而迹留。书与诗不动者,诗可推敲而书须一次成形。如是故,若言记录情感变化之真实,则书胜于诗。

初书之美

书法创作过程大致有以下几种情况:

一是初书即成,再书、反复书均不如前。此例甚多:王羲之之《兰亭序》、苏东坡之《寒食诗》、颜真卿之"草稿"。生动活泼、感觉新鲜,均乃初书所独有。

二是初书不如意,再书、复书、反复书,形式渐臻完美,然清新鲜活之气渐消。宁要有瑕疵之鲜活之作,不要形式无可挑剔之"僵尸"之作。

三是有设计有规划,更有制作出小样者,待真正创作时"按图施临摹，始于点画、结构，终于审美、心灵。

行书 临黄庭坚《松风阁序》

工"。此实为复制、拼凑与组装，无新鲜生命可言，似葬礼上之奠文，形式完整，文辞华丽，抑扬顿挫，然听者不知所云。

风格典雅温秀之汉碑，亦多有生猛、鲜活之因子，如《乙瑛》《礼器》《曹全》诸碑。吾判断其亦为初书之作，因点画结构未跌入规律性变化之陷阱，有青春式飞扬之冲动，故证明书写者之感觉与思维未经反复打磨与修剪。此乃真正之汉碑之美，看不到这一点，不能算懂得汉碑。

书艺境界

简略言之，书法艺术境界之排序如下：崇高、浑穆、隽逸、雅丽、工巧、平正。目今各级评选，胜出者多属工巧，雅丽次之，隽逸极少，崇高与浑穆几不可见。某些作品初看有浑穆之象，细味实为工巧之伪装，装痴装憨装粗朴。崇高与浑穆，必自然又质朴。崇高乃人生境界，亦最高之艺术境界，是书，亦不是书；浑穆乃审美境界，同时亦能表明作者已臻高级人生境界。

要旨

致力书法30多年，发现学养欠缺者，技法再好，其书终无蕴藉敦厚之美；有善于伪装者，细味即能知其无文化之实。然又有学问、技术兼具者，其作品仍乏书卷气，貌若蒸饼，味同嚼蜡。为何？优秀之书家，当文史、艺理、天赋、技术四者兼具，而后自然融合，若所谓学问闳深，实为一两脚书橱，文而不化，则于书艺何补？古人谓："夫书者，玄妙之伎也，若非通人志士，学无及之。""通""志"二字，最是要旨。

应该

书法家应该天生具有易感的诗情诗性，创作时还要有随机应变的能力。

当无禁区

宋徽宗赵佶是个有着独特艺术思想的皇帝。他的瘦金书强调点画形态的独特，大胆违拗种种"世俗"法则；他的草书《千字文》则相反，无意于点画字姿、笔法细节，重在驾驭大局，着意艺术法则的运用，对比强烈，富有美感。前者以姿态胜，气象高贵；后者以风神胜，形质生动。

在艺术探索方面，孰可孰不可，当无禁区，贵独特而美。

无一笔不曲

当今走红的书法高手，都有两个共同特点：一是传统功力深；二是十分重视书写细节，每个点画都力求精致与变化。这样就很自然地带来两个问题：于某碑某帖或某派专注过久，很有可能带来审美单一及个人面目不强烈的缺憾。二是过分强调点画的变化与精到，导致作品情感退位。古人固然有"无一笔不曲"的说法，然而"不曲"二字应该如何理解？按视觉理解的"无一笔不曲"，必然会导致技巧至上，格局不大，字势不畅，情感表达不充分等弊病；反之，一味地畅达，则又会流于简单粗俗，肤浅表面，缺少含蓄蕴藉之美。是否可以把"无一笔不曲"理解为是一种令人味之不尽的内在韵味，如"一唱三叹"。"曲"是思想与情感的外在形式，如是，直是曲，疏放是曲，委婉也是曲。

节奏

看了十多个当代名家挥毫的视频，概括一下他们的书写节奏，大体是"一快一慢加一长拖"。貌似富有变化，其实是一个又一个雷同节奏的机械叠加。据此可以推断，书写的文字内容没有经过书写者的大脑。深究其因，是书者在时代风气与商业目的的合力裹挟之下把艺术当作技术，心灵世界美感枯竭的必然结果。古人描述笔法说龙跳虎卧、行云流水、夏云变幻、惊蛇入草，多么生动鲜活，多么富有诗意！源于自然万物的节奏之美由此可见，岂是"一快一慢加一长拖"式的黔驴之技所能比拟。

其中不糊

有人发来习作，正逢字法关键所在，偏偏模糊成一片，估计是书写时拿不准，故有意为之。欺人者，实自欺，学书尤不可如此。笔墨模糊处（涨墨、极枯之墨），其中秩序与神理最要丝毫不乱，一板一眼，从容淡定，绝不可偷奸耍滑，就像在无电子警察监视的路口，同样不能闯红灯。有人说"难得糊涂"，实非真糊涂，是极明白后的豁达、超脱与包容。

为艺亦同做人，若能"其中不糊"，便觉处处从容。

人情味

黄庭坚诗《下棋》句云："心似蛛丝游碧落，身如蜩甲化枯枝。"刻画逼真，然无韵味。顾随先生批评黄庭坚及"江西派"大师们作诗技巧很高，但少人情味。历史上真正一流的作品，首当"不隔"，如邻家老头，本色可亲，即有"人情味"。吸引欣赏者的，首先是"人情味"，然后才是技法，精于鉴赏者，一般不关注技法。

见人情处，又往往是作品之"独特处""无技法处"，亦正是其最为"真实"最见"真情"处。

夷犹

诗家论诗，曰夷犹，曰锤炼。锤炼好理解。夷犹者，"泛泛若水中之凫"也，"红掌拨清波"，似用力，又似不用力。自然，自得，自如，若云气。苏东坡说观陶彭泽诗，初若散缓不收，反复不已，此即夷犹。唐太宗李世民《王羲之传论》说大王书法："观其点曳之工，裁成之妙，烟霏露结，状若断而还连；凤翥龙蟠，势如斜而反直。"此书法之"夷犹"也。

习气

自我风格初现之后，如果害怕失去，加以固定、强化，意在告知他人"这是我的领地"，那么"习气"会随之即来。一个本来身体健康的人，为求更加健康，大量进补，结果会"因补成病"。

"筋""骨"

刘熙载《书概》说：字的"果敢"之力就是字的"骨"，"含忍"之力就是字的"筋"。"骨"是刚性的力，"筋"是韧性的力。

书法更接近于文学和音乐

人们常说书画同源，又常说书画相通，书法教学、创作以及欣赏，越来越趋向于美术，比如讲究造型、构图、设计等等。我则认为：深层次的书法艺术之美，更接近于文学与音乐，"囊括万殊，裁成一相"。任何一个时代的书法名作，都可以找到与其神气一致或相通的文学与音乐。

让书法无穷尽地向美术靠近，以美术创作理念替代书法创作理念，无视其更接近于音乐与文学的特质，就有可能出现僵化、教条直至怪乱和迷茫的局面。只有强调其与文学音乐最相类似的特性，书法才能重新升登"天界"。

闲静

董其昌《画旨》有语云："故论书者曰：一须人品高。岂非品高则闲静，无他好萦故耶？"此亦一洞见。宋程颢诗《秋日》句云，"闲来无事不从容"，"万物静观皆自得"，"道通天地有形外，思入风云变态中"。即此种气象。以闲静，能持久专注，能见人所不能见，能闻人所不能闻，能不闻见人之喜闻乐见，故能专一专注，熟虑深思，心入道境。

古拙

何为古拙？古拙即天真，即无邪。因内无心机，外无巧饰，故为古风之"古"，为拙朴之"拙"。

清

书可不拙、不重、不峻、不丽、不质、不壮，然不可不"清"。不清者鲜能脱俗。又，清中当寓刚，无刚易弱。人淡则清，无欲则刚。

不肯低头在草莽

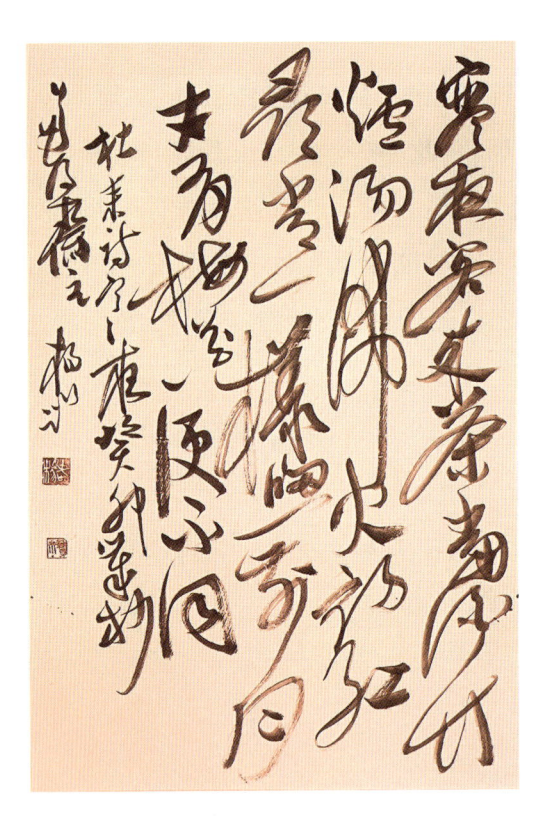

透明、妙变的墨法,仿佛浮动的夜色。炉火。月光。茶味。梅香。

行草小品 杜耒《寒夜》

生硬

顾随先生谈作诗,说"熟练不如生硬",此处所谓"生硬",当指别具一格也。移之论书亦然。"大王"书帖,帖帖"生硬"至极,如《姨母》《初月》《寒切》《丧乱》,还有《侍中》《频有哀祸》《快雪时晴》等等,各具一副"生"面孔。凭羲之手段,写得一水儿齐整自不是难事,然其偏偏"弃熟求生"。"外师造化,中得心源",此书圣之艺术之秘。

三个原因

就成人学书者而言,其进步不快之因主要有三:一是急于求成。还没学会站稳,就想去参加赛跑拿冠军,白白浪费时间。二是目标太低。总借口自己目前还不够向新目标努力之条件。教育上有一理论:"跳一跳,够得着。"天天重复自己够得着之高度,怎会有进步?三是不识好歹。不识字之好歹,亦不识"师"之好歹。以上三因,均与人之性格和原先接受之教育有关,很难有明显之疗效。

"烘云""托月"

以烘云托月作比,"云"是书法之形式,"月"是书法所欲表现之情感。中国传统文艺的做法是不画月而是画云,画云意在画月。今日书者，多有奋力画云者，遂意在云也，遂心中无有月也。试问：若无月，云安得澄澈与空明也？

"抓拍"与"摆拍"

书法创作中有这样一种现象：书者脑海中艺术意象尚处于模糊状态，写出来的作品反而是好的。如王羲之之《兰亭序》、颜真卿之《祭侄稿》《争座位》、苏东坡之《黄州寒食诗》，从墨迹形态到他人之记载与论述，均可印证当时之情状。怀素《自叙帖》"忽然绝叫三五声，满壁纵横千万字"，更是如此。又有一种与之相反然已深入人心之做法，出自书圣王羲之之口："夫欲书者，先干研墨，凝神静思，预想字形大小、偃仰、平直、振动，令筋脉相连，意在笔前，然后作字。"（《题〈笔阵图〉后》）此处所强调者，排除杂念，胸有成竹耳，亦不乏佳作，然少见有明确记载，之所以少记或不记者，习以为常也。古时用于庄重场合之作，创作时情状大多如此。

如何解释这两种既相对又并行不悖的现象？书体不同，特性有异故也。孙过庭《书谱》有语云："（加以）趋变适时，行书为要；题勒方畐，真乃居先。"行、草书贵适时之变，故若预有详细方案，反束缚手脚；篆、隶、楷以庄重整齐为美，故需预为安排，心中有数。此乃大概言之。

以修道作比，大约草书如顿悟，正书如渐修。

以捕猎作比，草书如兔起鹘落，正书是瓮中捉鳖。

以摄影艺术作比,草书依据直觉,抓住刹那之生动,是"抓拍";正书深思熟虑,安排周详,不放过每一个细节,如"摆拍"。

做个思考者

艺术家应该努力地去做个思考者,至少应该做个有想法的艺术家。有想法,作品才会有个性、有生命的深度。

皆静

写草书,如风过深山,初觉满山皆响,终而满山皆静。

如此

胸胆开张,无一物横亘于心,有驾长风遨游万里之感,此时即可作大字草书。又,把笔宜松而自然如书小字,运笔则振迅天真。余作八尺整纸大草"醉佛"时状态,自觉如此。

入境

久动当静。好动之人欲静诚非易事。佛门中有一种修行功夫叫打禅七,静坐七七四十九天,除去妄念,明心见性。

不肯低头在草莽

草书生动,贵激越,然须以隶、篆、楷等"静态"书体垫底。《铁山摩崖》乃佛教圣迹,擘窠之极,初临之,觉毫发幽静,波澜不生。欲除杂念进入其境,屡试而不得。昨晚复临,方觉稍有改善。事后回忆,知有数个"瞬间",竟能空诸一切,心海澄明。

动与静为两种形式、两种境界,若能至极,即能归一。书者当苦心潜修,能出此亦能入彼,如此方为善书者也。

不必有二

作书过程中何妨忽发奇想。我之草书韦应物《滁州西涧》,为四尺斗方,写至"野渡无人舟自横"时心中忽生画意,于是不再作"书"而是以书作抽象之"画"。事后人谓:可以有一,不必有二。

临帖

日人松尾芭蕉有俳句《古池》:"古池塘,青蛙跳入水音响。"吾临古人真迹,常生"青蛙入古井"之感。不知今夕何夕!

自家子孙

昔年作一楷书册,马士达先生以为有东坡家风味,时吾未曾习东坡。秦能先生见我一行书,以为有青藤笔意,当时吾亦未曾习青藤。黄庭坚曾见东坡临写鲁公十余纸，如自家子孙，虽老少不类，皆有祖父气骨。吾未习东坡、青藤，而自带此类气味，莫非亦"苏徐"之子孙也。

一碑一菩提

艺术鉴赏是一件很有趣味又很个人的事。比如汉隶，越是精彩的，越是简洁拙朴，细细品味，无论结体还是点画，都如嚼橄榄。巨制如《礼器碑》《曹全碑》《张迁碑》《华山碑》，小品如《五凤刻石》《莱子侯刻石》。

后人学习效仿，殚精竭虑，或如法炮制，或自出机杼，似乎很壮观、很周到、很精巧，细细品来，却仍逃不出简单寡味。欣赏这一类作品，心仿佛被吊在天上，总是不能落地，不能笃笃定定、踏踏实实、安安静静。清代隶书大家伊秉绶、何绍基的作品就是如此。而像米芾、王铎、傅山等人写的隶书，又多像发育不全的孩子。

汉隶之佳者，多似动而实静，能给人以意外之喜。后来者则似静而实慌慌张张。后世隶书，从魏晋开始多杂有楷法，又未融合转换妥当，因此生硬别扭如穿新衣。蕴秀典雅非常像汉隶的唐代《叶慧明碑》，无生硬之弊，但终因无"意外之美"所以在艺术价值上大打折扣。汉碑是日常人写日常字，只有基本法则，没有多少令人敬畏的被称作艺术品的条条框框。各人写自己理解的，各人凭各人的兴趣，变化生动，一字一世界，一碑一菩提。

惜"生"

某生于书法专业课上习《礼器》，不解其师之指点与示范，以微信求助于我。吾观其师之临作，不可谓不高明，惟稍带习气耳。某生之临作，点画稚嫩，气息甚近汉碑；结构生拙，反有几分汉碑之神。

《礼器》为汉隶之精品，于疏落中现秀劲。《礼器》之"生"，乃熟后之生，不蹈故习，掉臂独行，返璞而归真，故无通常成熟者易生之油滑。某生初习，其"生"乃生疏之生，源于本质之纯真，如出土之新苗。两者性质有别，然均能予人以清新、鲜活的感觉。王羲之《兰亭诗》云："群籁虽参差，适我无非新。"喜新厌旧，人之常情。故若单言气息，生似胜乃师，此亦是某生明言不解，实暗含不服之因。

学习性临帖，当收敛个性与习惯，虔心接受佳帖名碑之熏染。临帖不只是点画结构之训练，亦是书者见贤思齐、改变自身气质之过程。若言洗心革面，从头再来，也不为过。"生"之感觉，乃艺术活力之所出，魅力不衰之缘由。某生"不解"其师，或许正可表明其于生疏之外，对范帖"清新""鲜活"之气质已有所感，殊为难得，宜悉心珍惜与呵护。诚望将来技术成熟，而"生"之感觉犹在。

谈临《诸上座帖》

曾于北京故宫博物院看到过黄庭坚草书《诸上座帖》真迹，屈指算来，已近20年。当时情景，犹历历在目。

昔年之见，吸引我的为力与形，以为非剑拔弩张不能得之。如今再观，觉其力与形，若不经意，绚极平淡，如圣人发语，字字平常，却有"棒喝"之威。

学习此帖最易出现的失误是"以平代奇"。此帖多用曲笔，又多以侧向、参差取势，而临者常会在不知不觉间平直之、平衡之，失却奇势与跌宕之势，陷于平常抑或平庸。何以故？三思难得可以服众之解，似乎可归之于习惯，又仿佛与各人之天性与胸襟有关。另一种常犯的错误是胶柱鼓瑟、战战兢兢、亦步亦趋地再现此帖的原貌。古人所谓"画龙画虎难画骨，知人知面不知心"，此帖最了不起处偏偏是看不见摸不着的"神采"的超拔，所以学习者一执着，反而乏了神采，少了空灵，露了俗痕。

汉《子游等字残石》与汉《石门颂》，字法、气息相似度很高。《子游等字残石》字形较正，结构较密，为东汉元初二年（115年）刻石，出土于河南安阳。《石门颂》刻于东汉建和二年（148年），出土于陕西褒城褒斜道，凿刻在山洞石壁上，工作环境与条件影响到了书风，字形多作轻度的欹侧与参差，结构较松。两者相距33年，当属同一个时代，无论其神，还是其形，有较多的相似处。

刻《石门颂》用的是单刀法，顺字势较为自由地刻凿，线条兼有秦、汉篆书趣味；《子游等字残石》主要用单刀法，不少字的结体趣味恰如用铁笔"写出"的汉缪篆，逢到一些粗重方硬的雁尾，用双刀法，且有意强调刀刻效果。启功先生说"透过刀锋看笔锋"，研究古人笔法，理当如此。但若为了追求艺术表现效果，则应该认识到"刀锋"自有

"刀锋"的特点和美，毛笔无法替代。为了刀、笔相融产生新的美，"将错就错"也未尝不可。

汉碑额篆风格千姿百态，其中佳者，有《华山碑额》《韩仁铭额》《张迁碑额》等，大致兼具三美：流动美、装饰美、画意美。

"西岳华山庙碑"数字，笔势婉转流动，恰如一幅白描：殿宇森森，古木茂密。特别是"碑"字，流丽婀娜含刚劲，风情万种。《韩仁铭额》中的"长韩"两个字，纯朴典雅，仿佛细水在地上漫流，富有浓郁的装饰味。后世邓石如作篆书，亦有此"三美"。大多数篆书家，追求均衡对称的工艺美，追求装饰性，少流动感和画意，因此也就少了想象和意境。所谓流动美，并不是指多作"曲线"，孙过庭《书谱》中说"篆尚婉而通"，重点在后一个"通"字。流动即是通，是一种感觉，一种存在于点画、结构内部生命正在进行的感觉，是一种活力。其可视处，则"大略如行云流水，初无定质，常行于所当行，常止于所不可不止；文理自然，姿态横生"（苏东坡《答谢民师书》）。

宜忌

学张瑞图、倪元璐一类风格特别强烈鲜明的书家的作品，可以冲击和改造拘谨、保守、陈腐、软沓的书写状态，好比打开了一扇走向阳刚开放的大门；也容易因药发病，久习入魔，丢失自我。切忌淹留缠绵。在格局打开之后，宜及时转换学习对象，最好是溯流而上，去向秦汉、魏晋汲取营养。

秉烛赏花，不是爱花，是与美好事物的须臾不可分离。

草书　苏轼《海棠》

"有情"之评

　　近日颇多无奈,一时觉得任怎么样都不得劲。思临颜楷,临《李玄靖碑》一遍,不过瘾。再临,心境渐趋宁静笃定。昔王世贞《弇州山人稿》评此碑曰:"结体与《家庙》同,遒劲郁勃,故是诚悬鼻祖。"王澍评此碑在《宋广平》之跌宕与《家庙》之肃恬之间。"二王"之评,均为"寡静"之评。我意此碑寄寓有颜真卿对多难生活的坚韧之爱,然未形于颜色。辛稼轩《鹧鸪天》:"不知筋力衰多少,但觉新来懒上楼。"以淡语写深情。"极炼如不炼,出色而本色,人籁悉归天籁。"(刘熙载《艺概·词曲概》)我之评,可谓之"有情"之评。

　　读碑亦如读《红楼》,各人自有各人的"收获"。

于沉重中飞鸣

　　临肩水金关汉简,忽忆起骆宾王《咏蝉》句:"露重飞难进,风多响易沉。"于"沉""重"中"飞"鸣("响"),此非汉简之风格特色乎?

最早的手札

　　早在蛮荒时期,那时候还没有文字。某一天,有人猎得一头野牛,扛回山洞,为了把这件事告诉同伴,便用手蘸了牛血,在洞壁上画了一头淌血的牛，那幅画，就是人类最早的手札。野牛哀伤的眼神是该札的点睛之笔，意味着人类本身对死亡的恐惧。由岩画，联想到具有原始巫祝意义的仪式与歌舞，那是先民写给神灵的"手札"。既然已于数千年前之甲骨、陶片上发现了毛笔书写的痕迹以及学徒学刻的痕迹，那么就应该相信：先民们也曾在甲骨、陶片、树皮、石壁上留下过类似手札意义的符号。

不利

朋友习书，字字精工，唯合成一篇则如珠玉散诸于地。殊不知挥毫之际，努力于一笔不苟，反不利整幅气势之浑然贯通。何绍基尝言："吾不能写一个字，然吾能写一幅字。"即此理。

差异

李斯《峄山刻石》《会稽刻石》，工稳典雅为小篆之祖，赋不动声色之象以流丽鲜活之气。世人效此，多落刻板，何也？自然即活，心活之故；刻意则板，心板之故。虽然，于外形观之，二者差异极小。

速度

一女生临汉碑《曹全》极似，然神气匮乏。细观点画结构，与原碑几无差异。令其当场临写，见从落笔至完成一字，无论书何点何画，行笔之速度始终缓而匀。乃知神气之失在于速度，若中无快慢之别，一如死水无波，生气何从生也？

心事

尝记七八年前，南师大梁培先兄语吾曰："兄之草书，为何忽有此突兀之笔也？"吾坦言不知。近日读陈维崧词《好事近》："分手柳花天，雪向晴窗飘落。转眼葵肌初绣，又红欹栏角。别来世事一番新，只吾徒犹昨。话到英雄失路，忽凉风索索。"乃悟吾草突兀之笔之来由：吾心原有郁勃之气堆积甚厚，无事则平平，若逢书兴触发勾起，则向笔墨倾泻不可遏。心事本如风，飘忽亦无定，一如迦陵词之末二句，犹奇峰之突起耳。

临苏帖时所想

书法是一门非常特别的艺术，形式上所书者为汉字，实质上所坦露者乃其人——其人之志、才、识、学、品。练字即练人，书家当为"诗人"。炉炼书艺人才，非同培养工匠，实为塑造高尚、饱学之士。书艺教学若拘执于用笔之技、结字之法、布局之妙，实仅为"美术""装饰"之一科，书法之传统、文化、品格以及独特之内蕴、审美尽失，仅为一以汉字为"材料"之造型艺术耳，书法艺术亦将由最高级之艺术跌至中级，甚而更下，不能与音乐、诗歌相比肩。

以上是我临习苏东坡《次辩才韵诗帖》时所想。

文待诏补字

苏东坡行楷书《赤壁赋》卷首残损之36字为明代大书家文徵明待诏所补，初见几不能辨，当为待诏于此卷中撷取相同之字精心摹写而成。细味之，不同处有二：

东坡书虽字字独立，然每一字与其上下左右之字间均神气相连，牵一字而动全局。待诏所补，亦字字独立，彼此间无此等充沛之元气牵连包裹。

东坡字文气郁厚，内力精旺，待诏字相对枯直单薄，张力稍逊。

观文待诏他作，与苏字相较，亦有此感。

文待诏楷、行精绝，为有明第一书手，并精绘画、诗、文，时称"四绝"。论技法，文胜于苏。苏于书画为余暇之寄兴，文以书画为职业。苏书韵味之薄厚，出于书外，非关书也；待诏书之美，多出于书之本身，亦有书外味，然不及苏之厚且远也。

黄山谷尝论苏书之妙所出有二：如华岳三峰，卓然参昂，虽造物之炉锤，不自知其妙；学问文章之气，郁郁芊芊，发于笔墨之间，此所以他人终莫能及尔。

东坡之天分与饱学，均非埋头于点画技法者所能梦见也。

小楷"三要"

镇江焦山碑林,中多小楷佳作,风格多样,各有妙处,尤以董其昌、文徵明为最。此次重游,悟得作小楷之要有三:形勿执,意宜活,笔须坚。

一波三折与雁尾

深夜,一个学生通过微信向我抛来两个问题:"隶书的一波三折是有意识的行为吗?隶书的雁尾是如何形成的?"据我视野所及,目前还没有人明确谈过这两个问题。以下是我的认识:

• 卫恒《四体书势》谓:"秦既用篆,奏事繁多,篆字难成……隶书者,篆之捷也。"为提高书写速度需要,快写篆书而渐成隶书,这一发展过程被称为"隶变"。

• 与隶变同时发生的是篆书进一步向规矩、整饬和符号化方向发展,秦代达到顶峰,其标志是李斯的小篆。李斯式的小篆工整、对称、典雅、遒丽,因此也不可能进行快速书写,于是在工匠及民间书手中间,出现了类似不衫不履的秦诏版这样的小篆,是对李斯贵族气派小篆的冲击。诏版是小篆的行书化,于结构未有根本改变,根基仍是李斯之篆,或可称之为"行篆",这类行篆未能发展为隶书,但影响了人们的书写意识,对隶书的出现起了推波助澜的作用。

• 在秦篆之前,商代篆书不羁而雄放,西周则开始趋向工艺化和秩序化。春秋战国时期的帛书是篆书向隶书转化的开始，取势方式由纵向变为横向，字形由纵向方块转而为横向方块。书写时的横向取势，为"一波三折"和"雁尾"的出现提供了条件。因此快写而成隶书的篆书是秦以前的篆书，而非秦代李斯的小篆。

- 战国晚期，人们开始大量采用竹简作为书写载体，书写的内容多为抄录文献资料、记录事务账册等，书体越来越需要向简易方向发展。普通竹简一般长23厘米，宽1厘米，也有宽至2.8厘米的，可写两行字，称作"两行"。因为宽度有限，所以快速书写时遇到一些主要笔画，就不能尽情地向左右舒展，而点画写至末端时需要紧急"刹车"，转向写下一笔，于是出现粗重笔或笔锋向上翻转的现象。这些上翘翻升的笔画即是隶书"雁尾"的雏形。大量例子存在于战国秦简以及秦汉帛书之中。

- 篆书多圆折，隶书多方折，篆书向隶书转化，很自然地出现不方不圆、或起或伏、曲直相间、曲直相合的现象，一个崭新的书法美学概念——一波三折的大门自此渐渐开启。

- 木简的宽度要大于竹简，便于书写一些极具抒情色彩与装饰趣味的点画，隶书的一波三折与雁尾得到了进一步夸大与强调。

- 左手执简，右手执笔，一波三折的形成还可能与这一特殊的书写姿势有关。简执于手，稳定性远比不上置之于案，为降低书写的难度，书写时需要左右手配合，"波折"的出现成了大概率"事件"。

- 汉人浪漫、朴素、豪放，在书写方面自由任性且大胆。西汉时，与雁尾被同时夸张和强调的还有一些长长的竖画，出奇的长而粗重，构

心如湖水一般宁静。白鹭掠过，湖面也会荡起涟漪。

草书扇面　陆游诗《花时遍游诸家园》

成了书法美学史上一道奇异的风景。这一现象同时说明：在西汉时，一波三折与雁尾还不是隶书美学特征的所有选项。

- 随着隶书也不断向秩序化方向发展，隶书中有利于快速书写的行、草成分渐次退出，最后几乎荡然无存。贵族阶级的意志与审美趣味开始得到进一步体现。同时，书写载体中又有了宽大庄严的石碑的加入，于是像《礼器》《乙瑛》《曹全》《刘熊》《樊敏》这样或典雅或雄浑的汉隶碑刻纷纷诞生。一波三折与雁尾，作为隶书的主要特征以及美的装饰被固定了下来，隶变过程中那种富有生命气息、体现生命意志的灵变之美则逐渐消退。

- 远古陶器上有水波纹纹饰，隶书的一波三折也有可能源于此或受此启发。一波三折作为线条美的一个重要发明，具有十分丰富的美学和哲学内涵，在楷书、行书和草书中也都得到了运用和发展。而雁尾，后来又在古雅的章草中大放异彩。

甲骨文"四美"

甲骨文书法之美，美在自由且神秘。商王朝强大，商朝人之浪漫实属人类处于童贞时期特有的天真无邪，故商人之书迹，是发自内心的自由与无羁的表达。商人对世界知之甚少，对自然万物存有敬畏，凡事多问鬼神，祷祀成习，意涉虚无，形之于书迹，多神秘气象。

甲骨文之美，美在布局的天然。由于卜辞契刻顺序的安排与兆纹走向等因素有关，所以在未契刻时就已存在有多种可能。又，同一片甲骨上的文字常常需要作多次契刻，所以更增加了布局的不确定性。另外，自然的风化侵蚀因素，为保留至今的甲骨文再加了一道天然去雕饰的"工艺"过程，因此，它们的布局如虫蛀叶，如水漫滩，多不可思议，又自然而然。特别是那些碎小的残片上留下的几行或几个零星的文字，犹如天上的星星，犹如窗上的竹影，犹如狂风中飞舞的残红，犹如青年的残梦，奇妙美艳，莫不让人惊叹。

甲骨文之美，美在字法的单纯。贞人契刻，目的在于记录卜辞，从那些简洁至极的语言风格上可以确认他们并无视此为艺术创作的意识，故他们不会像我们那样受到诸多欲望与规范的束缚。书写与契刻既熟，熟极自能生巧。甲骨文中的常用字，虽有一定写法，但无风格范本的约束，不常用字则多靠贞人随机生巧的创造。每一件甲骨文作品，都是标标准准、真真实实的风格即人、人即风格的体现。此种单纯的风格趣味，犹如刚从自家院子里摘下的蔬菜，煮熟即是美味。

甲骨文之美，美在刀（笔）法的劲爽。一刻值千金。契刻这道工艺，为甲骨文这一人类早期文明的产物增添了无限的青春朝气，随机灵变，高度凝练，劲挺果敢，绝不芜杂。

有此四美，遂成绝响。

长年荡桨　群丁拨棹

黄庭坚与苏东坡、米芾、蔡襄并称为"宋四家"。他曾自述学书经历说："于僰道舟中，观长年荡桨，群丁拨棹，乃觉少进，喜之所得，辄得用笔。"以前碰到这一段文字,联想到的只是黄庭坚书法中的那些写得超长的笔画,如撇、捺、横、竖,像划船的桨、撑船的篙。近日为写一新书,反复临写黄庭坚行书《经伏波神祠诗》,忽悟那段话中的"长年荡桨,群丁拨棹"八字不简单,大可玩味。

荡桨的动作主要是双臂尽力前伸然后用力回拉,对应到书法用笔,分别是纵和敛。尽力前伸——纵,轻而快;拉回身边——敛,沉而缓。手臂及桨的运动轨迹,是一个完整的椭圆,笔力和行气随动作呈多变的曲线状,包裹流转,并不外泄。由此联想到黄庭坚的行书:结构中宫紧缩而四面开张,呈辐射状;紧缩处密不透风,开张处海阔天空;运笔时急时缓,时轻时重,时刚时柔,富有强烈的节奏之美。正好可与荡桨动作相对应。黄庭坚的字极具姿态美,一行之内,数个字的气势走向、欹侧大小也多变化,上下字之间,多作榫卯状的嵌合,不禁让人联想起荡桨人随着荡桨动作而不断变换着的身姿。看黄庭坚的一行字,则真像一幅"长年荡桨图"。

"棹"字在这个语境中当指其本义:船用撑杆。也就是我们常说的撑船用的篙子。棹在水中有浮力,所以拨棹的动作轻快麻利,又由于是"群丁",即撑船人非止一个而是数个,所以每一个"丁"在拨棹时都要快、准、稳,丝毫不能乱,不然棹与棹会碰撞打架,影响行船的速度与安全。有了这样的认识后,再看黄庭坚书作中那些纵放而互不相犯的超长笔画,尤其是那些超长的横画,起起伏伏,如流水般前行,书写它们时的感觉不就是活脱脱的"群丁拨棹"吗?如此,再欣赏黄庭坚的晚年精品《跋黄州寒食诗》《松风阁诗》,眼前分明是一幅幅精彩生动的"峡江棹歌图"!

黄庭坚是宋代文化伟人,他与苏东坡并称"苏黄",江西诗派的后人称杜甫与他、陈与义、陈师道为"一祖三宗"。他的影响不仅在士林,还渗透到了禅门,南宋初僧人可观的《自赞》诗:"反着袜多王梵志,得人憎是孔方兄。灰头垢面只如此,也好一枚村里僧。"诗中前两句的用典与句法,就来自于黄庭坚。黄庭坚的书法经历过四个阶段:开始的20年以周越为师,抖擞俗气不脱;后来看到苏子美真迹,遂得古人笔意;再后来又看到张旭、怀素、高闲的墨迹,悟得笔法;第四阶段是由自然造化而悟书法,自铸新风,观长年荡桨而得笔法即此类。他曾自言寓居开元寺之怡偲堂,坐见江山,于此中作草,似得江山之助。

钟繇书

钟繇之书,如初春绽放之嫩芽,舒放未足,充满好奇。像嫩芽、似好奇,正是其精神生动凝结处,正是其之所以葆有新鲜处。

找到本性

经典励志电影《重返荣耀》中有一组镜头,讲高尔夫选手的挥杆动作十分重要,选手要尽早找到属于自己天生的挥杆动作,如果心境再能与大自然融为一体,那么将无往而不胜。我把现在自己写的字与上初中和读中师时写在课本上的笔记作了比较,发现除笔墨技巧丰富了一些外，字的模样、神气竟然一如当年。那么是不是可以这样认为：有的人会无意间找到了自己的书写本性？或者还可以说：习惯依本性做事的人则不需要寻找，因为他本来就如此。

有学生临赵之谦篆书，外形结构基本到位，但就是写不出赵篆那种腴美流畅来。经过讨论及书写尝试，最后发现：若按照自己习惯的笔姿、笔速去写，那种流畅的感觉自然而然地出来了，找到自己的性情，为学书之首务。兴致上来时，小小地"任性"一把，娟美的花儿也相继开放了。

同步

常感慨临书者观察不细，于法书之神妙处视而不见。观察之细、发现之力亦与理解及实践水准相同步。不然，见夏云变幻、惊蛇入草、长年荡桨者多矣，为何他人不能由此悟入笔法？

兼论平生

日本学者石田肇认为中国书法评价流行的"人格主义评价方法"始于宋代欧阳修。欧阳修曾言："古之人皆能书，独其人之贤者传遂远。然后世不推此，但务于书，不知前日工书，随纸与墨泯弃者，不可胜数也。使颜公书虽不佳，后世见之必宝也。……非自古贤哲必能书也，唯贤者能存尔。其余泯泯，不复见尔。"（《欧阳文忠集》）欧阳公所言未必全对，倒是苏东坡持论较为公正，坡公言："古之论书者，兼论其平生。苟非其人，虽工不贵也。""兼论"二字颇合史实。

　　墨迹已不可寻见者不必论。印象中，书史上堪称一流者，数十人而已。其中无有人乃贤哲而书则不工者。有宋一代，"苏黄米蔡"四大家，人言"蔡"乃蔡京，而非蔡襄。京官高于襄，然京因人品差而被剔除，乃换成襄，至今仙游县城中心之塑像为襄而非京，或许可为佐证。以书艺论，襄实胜于京。京只是笔精墨妙而已，而襄精妙之外有个性见风神。东坡谓襄"遂为本朝第一"，欧阳修谓襄"独步当世，然谦让不肯主盟"，均非虚誉。宋代皇帝，无不能书者，独徽宗书名最盛，无他，其瘦金书与狂草书，胜人多矣。唐太宗与清乾隆，都有开创盛世之功，属贤者无疑，然太宗之书载入书史，而乾隆之书则成"笑柄"，太宗乃真能书者故也，一部《屏风帖》，独步古今。公认之一流书家中，名节有亏者不乏其人，仅有明一代，就有董、张、王等。退而论二流书家，不善书之贤哲亦无有。岳飞精忠报国，人品可谓高矣，其孙岳珂又有《宝真斋法书赞》28卷，然书法史照样未把岳飞载入。三流书家，人数众多，或有不甚善书之贤哲被列入，也未可知。然世之所以宝之者，非因其书，实因其人。因人而及书，犹爱屋及乌也。

三派

　　以创作情态论，书法或可分为理性派、激情派以及介于两者之间的逍遥派。楷、隶、篆的创作，理性占主要位置，加入行书笔意后，则为行

昨夜风甚紧，起视复眠，眠复醒，醒复眠，乃入梦。梦中有一大花树，花甚繁，似蜡梅也。晨起图之将毕，自问：盛夏安有梅也？此莫非夏花也？

国画　梦中夏花

楷、行隶、行篆，属逍遥派之一种。激情派情况比较复杂，并非草书之专属，行书中写得喷薄奔放的，隶书写得放纵飞扬的，也属此派。倘只有草字外形，无草书激情，似一池死水者，则反应从中删除，此种草书若归入理性派，则理性派恐亦不要，因毫无生气故也。激情派之激情，以"意""兴"为标准，与书体、字形无关。

古诗四帖

早上起来看张旭《古诗四帖》，觉有飓风横卷、彤云乱飞气象。此类范帖只可意会，不可形模，形模即与其内在精神相悖反。曾见有人逐字逐笔解构分析此帖，犹如把美人五官分开欣赏一样可笑。

守正与创新

卫兄在通州区维景国际办了一个小型书画展，小品居多，有清气浮动。

印象最深的是两件小楷作品，直取王羲之《乐毅论》与《东方朔画赞》，颇得平和简静之美。卫兄对当今众鹜趋之的钟繇、文徵明、王宠、黄道周及北碑类小楷目不斜视，在一片纷攘中独彰"守正"的价值与魅力。

一切艺术手法的价值，源于手法运用中的整体效果。艺术手法的新旧优劣，不能作孤立的评判，必须结合当时的政治文化环境与审美风尚。就眼下而言，流行的时尚的，恰恰似新实旧，似雅实俗，而像卫兄这样远离众流，坚守传统纯正之美的，却似旧实新，似俗实雅。孰去孰从，在选择之初已见其心，已见其智，已分高下。

魏碑书风探索展

5月底6月初，南通市市文联、市书协联合举办"魏碑书风探索展"，开幕那天我在南京，故未能出席，不知到场的朋友们观感如何。回南通后特地去欣赏了一下，觉此展意义深远。在这个展览中，可以看到学书该如何起步，如何继续前行，如何实现目标顺利收场。成功和不足的例子都有，有心的学书者若因此而反观己身，收益当不会小。

有两个学书才一二年的大学生要去观展，询之于我，答应分别陪同。观展时交流甚多，现记录观感如下：

临帖工夫到什么程度才算过关？没有统一答案。因人而异，越深越好。展览中好几位中老年书家就是榜样。今人事多性躁，朝学执笔，暮已狂草，热闹一番之后，发觉白白浪费了许多光阴，此等事极常见。魏碑鱼龙混杂，说凡碑皆好，不合实情。魏碑风格虽异，然结字用笔具时代和地域特性，也即共性。选择范本，宜有所取舍。临习时参看近年出土之"魏书墨迹"，从目前来看是一条上上之路。取其拙朴、生辣、灵活，弃其怪异、生硬、破碎、错讹。千万不能闹"夫子步亦步，夫子趋亦趋"式的笑话。展览中不乏此类作品。

如何由临习向创作过渡？展品中也有不少正反面例子。有专临一碑并用之于创作的,有博采而后融合的,有类于集字的,有径取后世魏体书家的,有学习时风的,有入了魔道仍不自知的,更有与魏碑毫无关系的。特别是按自己理解的魏碑特点进行创作的作品,数量不在少数,涉及多位名书家,运用理解去创作,证明技法理念已较成熟。理解的深度决定创作的高度,有数位书家对魏碑的理解失之于狭隘和表面,以雄赳赳、气昂昂,筋肉暴胀式的形象来诠释魏碑,误多矣。北魏字有定法,但出之自在,故多变。时人多不解此。

　　创作是对临习成果的检验、运用与发挥。创作时以自我为主,有相当大的自由度,因此如何进行风格定位十分重要。平时应与周边书家以及时风保持一定距离,这样才有可能保持独立性和独特性。学书目标要早日确定,就像开车使用导航,先确定终点目标,然后选择合适的路线。目标正大,过程稳健,宁静致远。

　　展品中有工深力雄,有心得,然格调平平者;有志在运用,然化用之力不厚者;有才华横溢,然因不尽精微故无法致广大者;有聪明独特,然已在不知不觉中染上时风者;有化奇险为平庸者;有"掘井"过多因而难以见水者;有甘做书奴者;有缺少理性思维,导致笔下不知所云者;有优劣不辨、取舍不明、以丑为美者;有投机取巧、哗众取宠者……均可作学书者之"镜子"来看。

　　魏碑大多质朴有余而情韵不足,故当以"文"化之;魏碑千碑千样,故又要综而化之。写魏碑贵在能化,有文气,自成一家,以浑厚天成、沉雄蕴藉者为高,康有为、萧娴、于右任、谢无量是也。魏碑之化,在学养,在情性,在胸怀,在勤奋,在天分与岁月。

什么样的"平正"和"险绝"

妻子要把我的旧文《雨夜对话》放到网上,发上去之前让我看看有没有什么问题。

那是一篇实录,一开头便交代了时间、地点和人物。那次对话主要围绕我的草书长卷陆游诗《草书歌》展开。作品创作于2003年4月,地点在泰州一朋友家,属兴来之作。那个时期我与外界的交流比较频繁,几个同好在一起,谈着谈着,就舞文弄墨起来,多乱头粗服、不计工拙但逸兴遄飞之作。据《雨夜对话》记载,那晚我在聆听了徐利明、马士达两位老师的批评之后,抛出了心中的疑问,说:"要是我们一直在古人划定的圈子里生活、腾挪、挣扎,不犯点'错误',岂不是一直没有发展了吗?《草书字典》就永远那么厚了。"

我学书法,起初只是兴趣,后来由兴趣到涉足研究,研究时又常较真,不很在乎别人怎么看我。半是本性,半是自律。孙过庭《书谱》中有一个著名的"三阶段论":"至如初学分布,但求平正;既知平正,务追险绝;既能险绝,复归平正。"与之对应,我那个时期的心理及实践,都属于第二阶段——务追险绝,最直观的体现就是那晚徐、马二老师所批评的我在草书字法上的"冒进"。

三阶段论在学书人群中的普及率实在太高了,成就了很多人,也耽误了不少人,原因主要集中在对"平正"二字的理解上。

第一阶段"但求平正"中的平正,应该是先制造矛盾后解决矛盾的平正,是不平之平,是动的"平",不是"躺平"。初学若追求"躺平"式的平,以后便很难上升到生动的平。参与"雨夜对话"的徐利明与马士达,以及近两年在书法探索上走得很远的邵岩和曾翔他们早期的作品,无不生动多姿,质朴而有奇趣,尽得古人"不平之平"之妙,到后来又"务追险绝"。

追求险绝是为了强化个性特色,壮伟胆魄,开拓新局,宜有奇思妙想。体现在具体的书法形象上,则是:山崩海立,沙起雷行,夏云奇幻,绝岸颓峰,临危据槁,兽骇蛇惊,春虹饮涧,雾梦霏结……不管是如何的新与奇,都必须是合乎道理的创造。我当年多不检点细节,又常见坚决坚持四平八稳而不求变者,以书学的第三阶段"复归平正"相掩饰、自诩,这真不值一驳。不知不平之平者必不知务追险绝之必要,无险绝之过程的平正,骨子里必是平庸无奇,如温室里的花,如从未聪明过的脑袋,如没有喝多而说的酒话——必然是谎言。

到了该进入第二阶段的时候如果仍停留在第一阶段,结局只能是肤浅与幼稚。该向第三阶段迈进了却仍留恋于"昔日的荣光"者,一般不外乎以下几个原因:自忖力有不逮;放弃了最初的梦想;对书法有了不同的理解;陷于某种束缚或欲望而不能自拔。

孙过庭的学书三阶段论,不但符合艺术发展规律,也合于自然之道。"复归平正"的"复"不是重复,是再次,性质不同,是当年之"阿蒙"与今日之"阿蒙"的区别。第三阶段的平正是意气的平正,是"学问深时意气平"的平;是既不刻意求险,也不刻意求平,顺心随意,无心自达,视夷险如一;是思虑通审,志气和平。书与人,均臻至人境界。

孙过庭把学书分为三个阶段，实际过程则如唐僧师徒去西天取经，要经历九九八十一难。自古艺人千千万，真正能成佛作祖的人少之又少，因途中多"妖怪"出没故也。妖怪为谁？名利！

《书法自由谈》摘录

- 道如江中水，名如镜中花。
- 读书能从根本上改变作品的气质。不读书或读书少，"文"从何来？
- 功力、学问靠日积月累，气质靠日常的熏染修习。
- 与高人游不与名人游。
- 只有自己才能解放自己。
- 执笔的松紧，当于用筷子夹菜，于经意不经意间，不需特别着意。
- 写字时，偶尔也有纸、笔不伏手的情况出现，如不更换，则需要有一个适应的过程。适应了，执笔便可任情随性，常紧偶松。
- 书法创作是写心、写情、写意、写志，而非写笔法。
- 不要心存侥幸。真实总比虚假好！
- 兴趣何来？来自于新鲜的感受，来自于不断品尝到进步和成功的喜悦。
- 练书法是一件快乐的事，我们不能让它变成负担，那样就变味变质了。

- 书法，应该在笔墨游戏中找笔感、树信心，在欣赏归纳中找规律，在大量书写中找感觉、得思维。

- 平时在阅读、学习过程中，有了新的感悟就记下来，适当的时候扩而成篇，这样的单篇写得多了，就有可能连成一线，这一过程是"由点成线"的过程，再"积点成线，由线而面"。

- 在文风上，擅长思辨的，语言就要简洁有力；擅长文学的，语言就要形象生动。

- 当然，对于理论文章而言，言之有物、有思想、有观点是最重要的，也是最根本的。

- 掌握了哲学的基本原理，就好比掌握了一把认识世界的钥匙，研究问题、处理问题时就不会偏颇，眼光长远，胸有全局，善于透过事物的表象看清本质。

- 一旦有所得，便及时用笔记下，不要偷懒、拖延。

- 任何一门艺术，都离不开时代氛围和社会环境。

- 像弘一大师这样的得道高人、大德之人，他们生的目的是利他，是为了众人超悟，脱离苦海。

- 审美层纯属精神层面，又可分为诗意人生、创造人生和爱的人生。

- 美丽的心灵一般不会就此停止，会希望有所创造，为己，为他人，也为回报自然、社会的恩赐，这是创造人生。

- 由诗意人生和创造人生，必然会带来爱的人生。热爱人生，为美好而感恩。

- 这爱的人生,既有道德的"利人"的成分,又有与天地自然融而为一的成分。
- 审美是点亮生活的火把。

  美,需要发现,重在感受。
- 赤子之心——纯粹。
- 塑造美的人:只有美的人,才能创造出美的艺术、美的生活。
- 读书——读深、读透、读懂了,才会有希望达到水到渠成的贯通,才有可能敏锐地于细如毫发处见出迥异于他人的火花来。
- 择友——一个人的精神境界如果达到一定高度,那他就有可能影响到周围的人,这就是人们常说的"气场大"。

(王燕摘自杨谔《书法自由谈》,苏州大学出版社2016年4月版)

《南通历代书家批评》摘录

- 由于是刻在山崖上的,考虑到石面不平、坡势以及书丹刻凿困难必须因形附势等原因,摩崖石刻的字势与结构一般都不会紧结严密,而是舒放开张,蜿蜒飞动,还会自然而然地出现一些异常之态。

    ——《姚存——"自然"造就虚灵雅拙》
- 书法作品反映出的是人的格调而非道德,从作品中我们可以看到书者的个性、情绪和审美而非人品。

    ——《王觌——温雅中有一股倔气》

甲辰正月初一，忽心生悲怆。刻毕此印，新煮米饭方香。

篆刻 年华如水

- 一个人的书法,就是那个人的影子,萨特所描述的那条寂寥的街道因为一个人的出现反显虚无,书法创作却正好与此相反。

    ——《顾养谦——沉着有余 洒脱不足》

- 中国书法,凭一点墨、一支笔,就可以在空无一物的宣纸上,通过中侧、藏露、方圆、轻重、疾徐的笔法变化,通过浓淡、枯湿的墨法变化,展示复杂的情感轨迹,创造出一个可以比类万象的奇妙世界。

    ——《顾养谦——沉着有余 洒脱不足》

- 写大草,贵在能抑,贵在抑中有扬,扬中有抑。抑时可以小抑,扬时则不妨大扬。

    ——《顾养谦——沉着有余 洒脱不足》

- 构成一件好书法的因素是多个的、复杂的,但至少有一点,什么情况下都不应忽视,那就是"力",即"骨力"。书法中的力,好比打家具用的材料,又好比拳击手的体质,是最基本的,也是最重要的。

    ——《范凤翼——规仿百家,劲爽略亏》

- 艺术作品是艺术家内心情感、生活遭际的结晶,要理解作品,首先得理解艺术家其人。

    ——《邵潜——穿过喧嚣的清风》

- 同样的文字,同样的结字之法,不同的人去写,会表现出不同的性情,不同的美。

    ——《冒襄——软缓源自温柔,奇异源自矛盾》

- 篆刻艺术同诗文一样，是用来抒情达性的，刻印要讲究文学内容与印章形式的统一，注意意境的创造。

　　　　　　　　　　——《许容——东皋印人中最有实力者》

- 书法发展到清代，帖学一路，优美已演变为软美，优雅演变成了乡愿，规整则演变成了算珠状的呆板，于是尚碑返璞的潮流潜滋暗长，继而汹涌。

　　　　　　　　　　——《胡长龄——喜欢"雨夹雪"》

- 书家的无意之作，较之文学，更能寄寓、体现书家的内在品格、气质与思想。

　　　　　　　　　　——《李方膺——"八怪"中的怪中之怪》

- 东坡作书，皆随其形，故得自然疏密错落之妙。

　　　　　　　　　　——《汤钧——肥厚须要遇上虚旷》

- 在一件书作中正应、反应可以兼取，然整体总以合乎自然为妙，若不循自然之道而刻意求变，则会乖互失序。

　　　　　　　　　　——《汤钧——肥厚须要遇上虚旷》

- 须知力之大小，在神气筋骨旺壮与否，而不在体形之肥长瘦短。

　　　　　　　　　　——《汤钧——肥厚须要遇上虚旷》

- 又苏字之结构字法有紧结有开展，字势多取欹斜，气势开张，尤其是笔画展开处，率意潇洒，空旷无拘，有助于消解肥厚之笔可能产生的窒息之感。

　　　　　　　　　　——《汤钧——肥厚须要遇上虚旷》

- 只在书法之狭隘天地里一打转，从未把书法放在社会、历史、人生、文化等大背景中去审视、比较、理解与考量，所以尽管能把某些碑帖习得烂熟，数十年拼搏下来，仍不离故处，反成字匠，无升华，无超拔。

——《韩国钧——得失何须问塞翁》

- 学书之道，与其孜孜于他人处讨生活，毋宁念念于自心间求出路。

——《汤钧——肥厚须要遇上虚旷》

- 张怀瓘所说的这种"以不测为量者"为美的美，包含两个方面：一是"态"，即形，指点画、结构，也可扩大至章法布局；二是"意"，即味，是形迹之外的"韵"，是作品神之所在，属高境界范畴。书家两者若能得一，便足以名家，若能两者兼得，则为大家无疑。一般而言，欲得"意"，则当先得"态"，"态"若不得，则神亦无着。能得"态"者，则不一定能得"意"。

——《沙元炳——真趣还于札中求》

- 关于甲骨文书法创作，我有这样一个观点：既然称之为书法，就得遵循书法创作的美学规律，字法、笔法、墨法都得讲究变化统一。字法要参差错落，欹侧生动，平中见奇；笔法既要体现软笔的多变性，又要有甲骨文的契刻味；墨法不妨也有些浓淡枯湿的变化；章法当有虚实。

——《孙儆——简净、坚质》

- 对于艺术家来说，名利境遇的起起落落本是常事，只要不被生活打垮，"落"比"起"通常要有价值得多。

——《王个簃——魄力雄强努力出新》

- 拙朴美是通过比较才显现的，与之相对的是精致、华丽、工巧。书法的拙朴之美是高境界之美，是经历了"见山不是山，见水不是水"之后的"见山还是山，见水还是水"，是大巧若拙，大智若愚。非三尺稚童的稚拙，亦非目不识丁者的粗拙，这个层面的"拙"与"朴"，其实就是经过一番淬炼之后的"精"与"巧"，是书者心灵复归于朴后的呈现。

——《尤其伟——拙朴兼具工巧》

- 对于大多人而言，创作时采用的字法、笔法，以纯粹单一些为佳，若多体杂交，易产生混乱，因相违而难以调和，结果反由雅变俗。

——《魏建功——学问的利和弊》

- 评判书法作品的优劣高下，固然不能以一种标准去衡量，当包容汇通，多元并举，优美与闳深，淡雅与崇高，并行不悖。但无论如何，一些基本的美学要求是不能改变的。

——《魏建功——学问的利和弊》

- 艺术之间的打通易，而学问与艺术之间的打通难，后者需要有大力去调和才行。

——《魏建功——学问的利和弊》

- 艺术史对艺术家的评判向来不留情面，不会因为"此长"而忽视"彼短"，独立的艺术风格向来是一个十分重要且关键的衡量标准。

——《陈曙亭——不因人热》

- 一种新风格，从诞生到确立再到被世人所认可，需要量的积累和时间的磨砺，浅尝辄止则万万不行。

——《陈曙亭——不因人热》

- 艺术家在艺坛或艺术史上的地位和影响，是多种因素综合作用的结果，首要因素固然是艺术作品本身，但艺术家生前的交游圈、活动平台，后人的研究和推介，都是不可忽视的因素。

——《陈曙亭——不因人热》

- （用笔的）迟和速是相互为用、相辅相成的，在一件书作中，两者缺一不可。

——《刘子美——沉着苍茫 劲速不足》

- 行草书的运笔速度与小篆不同，小篆应不疾不徐，从容舒缓，这是其线条特征和结构造型所决定的，而行草书是造型跌宕、用笔起伏顿挫变化频繁的书体，所以书写速度应该有疾徐之变，有节奏之美。

——《刘子美——沉着苍茫 劲速不足》

- 篆刻的创新，最佳也最根本的出路是篆法的创新。

——《丁吉甫——龙门难跃 其因在篆》

- "守"，是学习书法的一种方法，但不应该是书法旅程中的最后"驿站"。

——《黄稚松——长于醇厚 短于平直》

- 写字，怎么写都可以，但作为艺术的书法，光有足够的功力与修养是不够的。艺术的生命在于能出新意，新意就是发展，就是新生的生命。妙在尽变，尽变方妙。

——《黄稚松——长于醇厚 短于平直》

在草莽　不肯低头

• 从艺也需要有别材,所谓别材就是天分,天分的高低是最后能否达到大成的先决条件,另外两个不可或缺的条件是环境与勤奋。环境包括物质环境、社会环境和精神环境。社会环境指当时社会的政治、经济、文化等因素,精神环境专指学习者所师从的对象、交游的圈子、研讨的氛围等。

——《陈左夫——巨刃摩天》

• 创新也讲机缘。创新者在具备了广博的识见、深厚的修养和卓然独立的品格之后,还必须找到一个"触发点"或"切入口",找到点燃创新灵感的火种。

——《陈左夫——巨刃摩天》

(以上由李卫平提供,摘录自杨谔《南通历代书家批评》,苏州大学出版社,2020年9月第1版)

浑然不见脉落，大象正在其中。

国画 荷

懒翻书：占得人间一味愚

杂览篇

在心

一大册历代名帖在手，快速翻过，但见形相各异，性情有别，无一不是君子。敦朴儒雅者无软媚之气，雄放霸悍者多忠厚之心。美哉，书也！书之美，亦如人之美，在心不在貌也。

环境

常见人学古帖学得光洁亮丽，如人衣无折痕，下巴溜光，形象酷似，但味道却有千里之遥。古帖，常有一些看似芜杂的、不够规范的东西存在，这是生活与艺术的真实，是原生态，保存了反而会更美。文学亦如此。蒲松龄写《聊斋志异》，估计是把听到的故事传奇略加整理发挥而已，原生环境不妄加改变，因此明知故事情节离奇荒诞，但一点也不觉得那老头是在骗人，这就是保持原汁原味的好处。《沂水秀才》一篇，全文237字，故事仅132字，记一秀才置芳泽而不顾，唯金是取之俗不可耐之事。篇后另记友人所举不可耐事达105字。此105字，为议论，当非小说范畴，然于此却如养鱼添水，水更大，鱼更活。宋代曾巩评价李白说："白之诗连类引文，虽中于法度者寡，然其辞闳肆隽伟，殆骚人所不及，近世所未有也。"（《李白诗集后叙》）试想，如果一无所失、中规入矩，他还是李白吗？这样就要说及艺术创作和艺术作品环境的问题。不同的艺术作品，须有不同的存在环境，就像养金鱼可以用自来水，去氯或晒两天即可；养野生的鱼，非得用河水不可。

书法艺术也要给人以真实的感觉方好。"真实"二字，大可玩味。

结绳记事

汉字起源诸说中，结绳记事一说有特别之"理由"。汉字由点、线组成，线犹绳，点犹结。大事打大结，小事打小结。俗云，"心乱如麻"。麻乃制绳之原料。又云，"心事如结"。以"结"助记忆，岂偶然哉！

比甲骨文更古老之文字

甲骨文字有4000余字，字形已趋抽象概括，具较强之书写性，实为一较成熟之文字，故言其为中国最古老之文字于理欠当。甲骨文字从何种文字发展而来？考古尚未有确凿的发现。

早于甲骨文之前，可能有一种极具写实性之文字存在，姑称之为图画文字，字数不会太多。如商代戍嗣子鼎器铭中之"隹""犬""鱼"等字，商代甲骨残片上之"魃""马""鸣""渔"等字，多为象形、形声或会意。因其当时未完成"进化"而残存于甲骨文、金文之中。

"恰恰""正好"

书法用笔要有提按变化，然非一律愈丰富愈佳。颜真卿"逍遥楼"

刻石,明成化年间进士萧显所题之"天下第一关",少有提按,气势雄浑,势压五岳。近年各地名胜有不少新增之高大建筑,匾额多由当代书家所书,笔法、结构变化丰富,然高悬之后,花哨轻飘,惨不忍睹。陈廷焯《白雨斋词话》云:"夫平正则难见其佳,平正而有佳者,乃真佳也。"此语本为论词,移之论匾额书法亦合。某些少数民族之传统歌舞,声音、动作变化不多,与斯山斯水一样纯朴清幽,魅力为现代音乐所不能夺。美之彰显离不开环境,一要独特、二要合适,所谓合适,即置于其中"恰恰""正好"而已。

经典之美

经典没有保质期,时学时新,给人带来意外的审美享受。一日与学生谈话,远远瞥见桌上有邓石如篆书《白氏草堂记》,觉中实壮健之外,有草木丰茸繁茂之美。又某日,临王羲之《长素帖》,寥寥22字,却见千姿万态,真如一幅《清明上河图》。

适宜

相对而言,中国传统的山水画最适宜于寄托画者与赏者的人生趣向,体现灵魂境界;花鸟更适宜释放性情、表达情感;人物画则适宜于教化,表达"三观"倾向。一些原本作为画中的"道具",现今上升为画面"主角"的器物,如农耕的工具,生活所需的衣食等等,被称之为

"杂项画",这类画更适宜也能更灵活地反映社会大千的变化,以及丰富性与复杂性。

绘画汲取于自然,但不是自然物的复制。它已逃离了普通意义的自然而自成一世界。绘画中若无人类语义的寄寓,便不成其为艺术,又返回到了普通意义上自然物的位置。

生知

赵子昂善画马,亦曾画羊,初画即精妙异常;徐悲鸿善画马,偶尔画猪,亦生动绝伦。又尝见丰子恺早年之简笔画《清泰门外》,人物形象呼之欲出,造型风格与后来之丰氏漫画相一致。古人"生而知之",此真非虚语。所谓"生知",即从事某业之天分,百艺百伎,千行千业,均不乏其例,非惟画也。

画兰

辛丑仲夏题兰花册:

"吾家有兰数盆,清水而外,吾未曾顾及其余。近半月,见其黄瘦日甚,恹恹欲病。少阳光耶?少通风耶?移之于寝室阳台,令其与吾共起卧,朝迎旭日,暮浴晚风。数日后,叶色碧壮油亮,欣欣然若有情。一晨醒来,以未戴眼镜故,见兰影朦胧,仿佛芥子园谱。援笔图之,初则矜庄,继则简豁,终乃狂放如画者也。"

我很少作画，尤少画兰，因此可用"生疏"两字来概括。现述画兰过程如下：开始三幅，虽有意舍形悦影，然意识中仍努力体现实物情状。至第四、第五幅时，方思删繁就简，以期以少少许，胜多多许。第六幅，左侧极简，仅为主叶三片，中右侧极繁，仿佛图貌真实。作第七、第八幅时，情绪已经上来，空诸一切，眼中亦无兰，任心所运，振笔直遂。第七幅笔墨狼藉，写野生兰疯长之状；第八幅凭空生数石，写兰于山际野壑幽放自馥。一时间，兰耶？画耶？画者耶？吾不自知。

"情性所至，妙不自寻。遇之自天，泠然希音。"（司空图《二十四诗品·实境》）

怪象

这两年对"丑书""丑画"的喊打喊杀声不断，但至今仍没有谁能给出一个较为明确的，能为各方所接受的界定"丑书""丑画"的标准。

装神弄鬼地鼓捣出来的作品，肯定是"臭货"无疑。而那些探索超前、暂不能为大多数人所接受的理念和形式，先不要匆忙、冲动地下结论，喊打喊杀更不可取，为什么不能"百花齐放，百家争鸣"呢？倒是那些四处活跃着的贪图名利之辈，打着继承传统的旗号，或因循欺骗，或迎合抄袭，了无真意和真趣，了无生气，浑身上下散发着霉味儿，散发着贪欲的臊气。这些歪曲了真谛的"丑书""丑画"对民族精神的污染与戕害不可小视，对它们的治理刻不容缓。

在夕阳的柔光里，它举起了残损的「手掌」。

国画 竹

弄巧

当有识之士们为艺术创作"技术取代艺术"现象大声疾呼的时候,"弄巧""尚巧"之风却像深秋季节的鼻涕虫一样随处可见,沿着墙根缓缓向上爬行。明末清初,傅山在《训子帖》中提出了著名的"四宁四毋":宁丑毋媚、宁拙毋巧、宁支离毋轻滑、宁直率毋安排。后人多把它作为一个艺术主张来理解,我则认为这是他"做人"的主张,即艺术家要有风骨,要纯朴、自然、率真。

"尚巧""弄巧"对当下艺术审美的影响倒还在其次,从长远看,艺术会影响、渗透至生活,崇尚花哨,失质去朴,不务根本,对世道人心以及相关事业的危害会很深远。

惜哉

张之洞在督学河南时写信给父母,说自己在衡文批卷之际,凛凛自惧,恐有不足,有负朝廷。又说自己评判文章的主要依据是:"凡文字之发皇正大者,其人必去忠不远。而言之无物,专以卑靡柔弱见长者,其人必鲜气骨。"他认为以此为衡:"虽未必尽得其才,然亦虽不中,不远矣。"

文有"文如其人"之说;书有"书为心画""书如其人"之说;画亦有"画如其人,人如其画"之说。书画,实亦广义文章之一种,眼下偏是"专以卑靡柔弱见长者"大走红运,令人扼腕不已。即使不以艺格论人格,仅从审美角度言，发皇正大与卑靡柔弱，孰高孰低，孰优孰劣，不必多言。

题画诗

题画诗贵在不为画面景象所囿，既切题，又说自家话，令生画外意。东坡《惠崇春江晚景》："竹外桃花三两枝，春江水暖鸭先知。蒌蒿满地芦芽短，正是河豚欲上时。"河豚欲上之景东坡何曾见也？忽有此联想，亦即亦离，画境因之陡然机趣灵妙，似有无限生机随春水汩汩涌来。吃河豚同吃蒌蒿，以解河豚之毒，古有此说。东坡忽作此两语，即诗人之旷达与真率，为吃河豚而情愿"直那一死"之老饕形象跃然纸上。

动

我们现在看到的很多绘画作品，为了体现"动"，就画一个动的"姿势"。但这个姿势是孤立的，从这个姿势上我们无法推想出它从何而来——"前因（过去）"，又将向何处发展——"后果（未来）"。这是死亡了的"动"，这样的作品无生命力可言。世间一切现象都是迁流不息地变动着的，绘画中的"动"，反映的正是这种"变动"，它是一根"线"，而非一个"点"。线由点组成，画面中的姿势，是其中最关键的一个点，它对那些看不见的"点"，必须作出暗示，因为有此暗示，一些没有表达的便也被表达了出来。有一次，哥德给爱克尔曼看一枚柏林的勃兰特的徽章，上面画着年轻的德塞乌斯从石头底下取出父亲的武器的图像。画面形式布置巧妙,但德塞乌斯四肢有力的样子却表现得不充分,他一手提石,一手已经抓住了武器。哥德与爱尔克曼都觉得这样的表达不够好,于是哥德又请人拿出一个古希腊人制作的同题材的物件:"那是多么不同呀!青年向石头用全力对付着。他用出与石头相匹敌的气力,因为他胜过了石头的重量,把石头提到正将滚到一边去的样子。青年注全身的力量于石头,而只把视线向下投在横在他前面的武器上。"(详见《哥德对话录》)

之所以大者

几年前,我在浙江省博物馆欣赏过一次规模盛大的"黄宾虹书画艺术展"。乘车离开杭城时天忽大雨,倚窗而望,远处烟雨迷蒙,山水、农田、村舍隐约其中,这不就是刚刚看到的黄宾虹笔下的水墨意境吗?那种华滋气象与他兴到时偶成的清淑娟娇的花卉骨子里是多么的一脉相承!

黄宾虹的"以书法入画法""以画法入书法"不是空喊的口号,而是实实在在的履行。他勾勒的线条,无不浑厚中实,一波三折,笔断意连,源于书法中的篆籀文字与草隶书体。他在《自叙生平》中明确告诉别人:"鄙人酷嗜三代文字,于东周古籀尤为留意。北居恒以此学消日,故凡玺印钱币匋罐兵器,兼收并蓄。"又说:"妙悟一波三折,便是从钟鼎中来。"

黄宾虹的画上大多有多字题跋,留下了这位绘画大师、学者兼艺术思想家思考的痕迹，值得珍视。他有一件山水小品，欹崎历落，上题："右军正书如《黄庭》《曹娥》《画赞》《乐毅论》，各有不同，如此似学书中《画赞》者。"细细玩味，这件清逸的小品，造型、气质确有几分王右军小楷《东方朔画赞》的意味，说明黄宾虹的"以书法入画法"，并不仅仅限于笔法，还有造型与神采。

黄宾虹的山水画以静态为主，在层层濡染之后体现深境。有一件作品从山体、坡石到树木、凉亭，无不具有强烈的动感，仿佛是舞蹈着的。"满眼风波多闪烁，看山恰似走来迎。"他在画上题道："画宗北宋，浑厚华滋，不蹈浮薄之习，斯为正轨。及清道咸，文艺兴盛，已逾前人，民族所关，发扬真性，几于至道，岂偶然哉。壬辰，宾虹，年八十又九。"其中"民族所关，发扬真性，几于至道"十二字尤为关键。那么，这幅画体现的是否正是宾虹先生的另一种"真性"呢？

规矩可以言传，神妙必由悟入。黄宾虹题在书画上的片言只语，不少就是他"妙悟"的记录。在《设色芍药图轴》上他题道："含刚健于婀娜，脱去作家习气，论画者以似而不似为上，熟中求生亦是一法。"在一件山水小品中他又题道："无意为工，即六法所谓气韵生动者也。"南齐谢赫提出的绘画"六法"，"气韵生动"居首，历来讨论者多，均不如宾虹先生"无意为工"四字来得浅显易懂，直指关捩。

考察黄宾虹一生，他有以下几件事不大为人提及：

1886年，黄宾虹投身反清，致信康、梁，拜见谭嗣同。

1906年冬，他接受组织安排，秘密铸造钱币，以筹措革命活动经费，被人告发，逃往上海，从此客居上海30年。

1909年11月，南社社员首次雅集，黄宾虹为17人之一，其中有14人是同盟会会员。

一艺之成，与一个人的经历密切相关，尤其是那些性命攸关、壮怀激烈、波澜壮阔的经历。

黄宾虹的书画篆刻、学问思想之所以能成为大者，因其乃人生之大者。

感觉

真正高级的书画给人的审美感觉应该是模糊的、难以言说的、抽象的。最让人着迷的是气质上的震撼。其次是引发联想、涵泳韵味，再次之是对形式的鉴赏，最末是对技术的解构批评。

突破"常有的经验"

十数年前，有一天一时兴起，想画几笔荷花。没耐心临习画谱，便学那元代的王冕，直接拿了毛笔去荷塘边写生。敝帚自珍。一日拿了习作去托裱，正巧遇上画家某，于是真心趋前请教。名家沉吟良久，说："画荷梗时，不能三根交叉在一个点上，以后要注意。"自此后画荷，都尽量避免三梗交叉在一个点上，但同时又心生疑问："自然界中难道也如此的吗？古今那些大家也都如此吗？"仔细留心了几回，发现古今画荷大家确实不太愿意让三梗交于一点，虽然也有例外；在荷塘边观察，如果多换几个角度，则常有三梗交于一点者。

又有一回，有人教我如何画水草：如何疏如何密，如何穿插。一一照办后，觉画面似曾相识，后笑曰："此即'芥子园'矣。"早上或黄昏散步的时候，留心岸边树下野草的长法，常常分不清疏密长短。有一回经停杭州，看吴茀之画展，发觉吴茀老画野草，一味蓬勃，很少运用穿插疏密技法，反复琢磨，感到如此更为真切。后来在北京又看到几件吴昌硕的"风景速写"，多写实际感受，颇不讲究"画法"，乃悟石涛所谓"一画之法"，应是每作一画，当创造或选择一种最适合表现此情此景的画法之意。此是"活画"之法。禅家寻找"真如本性"，大约亦同此意。一流的画法当从生活中出，而不是从画谱中来。现成的技法固然是助人入门之捷径，于教条者实等同于陷阱，于活学者则是帮助飞翔之双翼。

朱自清散文名篇《荷塘月色》发表后，有读者陈少白向他指出："蝉子夜晚是不叫的。"朱自清问了好几个朋友，都说陈少白的话不错。又向昆虫学家请教，昆虫学家尽管找到了一个蝉子夜晚鸣叫的记载，但也不敢否认陈少白的话。心里存了这个疑问的朱自清，后来又有两回亲耳听到了月夜的蝉声，于是写了一篇《关于"月夜蝉声"》的文章，他说："我们往往由常有的经验作概括的推论。例如有些夜晚蝉子不叫，推论到所有夜晚蝉子不叫。于是相信这种推论便是真理。"朱自清在文中还提到了宋代王安石《葛溪驿》一诗中关于"月夜蝉声"的句子，历代都有怀疑者，至今仍无定论。

画画虽然与文学和科学有异，但把"常有的经验"推论为"真理"

的现象也是很常见的，其后果就是只能"入古"不能"出古"，抄袭复制，面目雷同，情感缺乏。突破常有的经验是要冒一定的风险的，即使像王安石、董其昌这样的大师也不例外。董大师70岁那年，梦见草圣张旭，于是尝试以草法入画，作《幽壑图》，人多不识，以为他是"喝多了"。

一副笔墨写一种心情

著名作家王小鹰的长篇小说《假面吟》，以上世纪八十年代的笔调写发生在那个时代的故事，哀感顽艳，滋味醇正，让人叫绝。一副笔墨写一种心情，石涛的"一画之法"应当也有此意。

不用心处

友人主业教授数学，业余嗜金石，近年又喜作旧体诗，资性颖悟，不乏佳作。昨日发来一诗，嘱我代为拟题，吾直言此诗有拼凑之嫌，恕难从命。因追问曰："首联、末联与中两联之间之衔接？"我答曰："我于诗词素无研究，只能说一二感觉。诗以'写'为上，'做'为下，即便是做，亦当如写，不能予人以堆砌之感。诗歌终究靠生动之形象征服读者，而非拉扯古人做大旗。"

大抵诗词亦如书画，世人多赏其合辙处，吾独钟情其不用心处。"采菊东篱下，悠然见南山"，何尝见其用心哉？此即所谓妙造自然者也。此法如禅，可悟不可教。

秋日午后,醉步荷塘。河水如镜,照见我自己。

国画　酒后写秋荷

不必过为奇险

杜甫《与任城许主簿游南池》有句:"晚凉看洗马,森木乱鸣蝉。"宋周紫芝《竹坡诗话》有云:"又暑中濒溪,与客纳凉,时夕阳在山,蝉声满树,观二人洗马于溪中,曰:此少陵所谓'晚凉看洗马,森木乱鸣蝉'者也。此诗平日诵之,不见其工,惟当所见处,乃始知其为妙。作诗正要写所见耳,不必过为奇险也。"作家不必脱离生活去编造"奇语",多多观摩思考,善于刻画表达,平至极处反生奇险。

"潜""细"

"随风潜入夜,润物细无声。"仇兆鳌评:"曰'潜'曰'细',脉脉绵绵,写得造化发生之机,最为密切。"后人多以此两句喻人,意指作风之细密,亦指为人之境界。

长叹

每遇古人佳句,常废书长叹,继而又复吟咏玩味,不知今夕何夕。"平畴交远风,良苗亦怀新。"(陶渊明句)"四更山吐月,残夜水明楼。"(杜甫句)人谓其体物之工,吾敬其脱口而出。凡体物"工"与"切"者,必能入乎其中,出乎其外。

赏尽妙趣

周振甫先生赏李白诗"孤帆远影碧空尽,惟见长江天际流",如登山顶观景,尽收风光于眼底。周释此二句曰:"老友远去,船已不可见,唯见孤帆一片,李白于岸上望着;帆影于碧空里消失,李白仍于岸上望着;看长江在天际浩浩地流着。拆开,揉碎,合拢,合拢又拆开,便赏出诗人无穷之深情来。"

"不见"

陈子昂《登幽州台歌》:"前不见古人,后不见来者。念天地之悠悠,独怆然而涕下。"钟惺言"不见"二字为诗眼。"不见"二字连用,语浅而力沉。第三句因"不见"而起,第四句因"不见"而结。佛法云"法不孤起,仗境方生","不见"二字,仗"古人""今人""天地"而生,乃全诗精神之挽结处。

有别

唐常建诗句"曲径通幽处,禅房花木深",发现内心,寻找己身精神归宿。唐李白诗句"绿竹入幽径,青萝拂行衣",写园林之美,叙主人好客之情。日本西芳寺庭院,亦有"曲径通幽"景观,日人以此为人类历经艰辛,最终走向光明的象征。法国诗人兰波《黎明》有句曰:"在白晃晃清新之小径,一朵花儿告诉我她之姓名。"拥抱自然,融入自然,万物与我为同胞。境、象相近,意却有别。

简朴

《诗经·陈风·东门之枌》:"东门之枌,宛丘之栩。子仲之子,婆娑其下。"长在东门之白榆树,宛丘之上之柞树,子仲家之靓妹子,树下舞蹈好风姿。诗如白描速写,语最简朴。场景、情节、姿容、颦笑、众人之赞美,似模糊,实清晰,鉴赏者可大加填充发挥与想象,众妙同归,故又最丰茂。

荡开

作文叙事,宜有闲心作荡开之笔,似闲非闲,可得顿挫摇曳之妙。然作荡开之笔者,又非有蕴藉深厚之心不可。

作文不难

作文不难,多读多作,熟能生巧,若有足够之情思,则直抒胸臆可矣,犹如作画之"大胆落墨";初稿成后复看,剪裁推敲,辞达即已,此为"小心收拾"。若无"情""思",何必硬凑?

路数

陈廷焯《白雨斋词话》言学稼轩词之不易："无稼轩才力，无稼轩胸襟，又不处稼轩境地，欲于粗莽中见沉郁，其可得乎？"惟学对路数、天性、才力、经历才会发挥作用。俗语云："一步错，步步错。"此类现象在学艺者中极常见。

不如回首

谢灵运于永嘉西堂苦吟，瘖寐间忽见惠连，乃得句"池塘生春草，园柳变鸣禽"。谢尝语人曰："如有神助，非我语也。""池塘"一句，写景如在目前，得自然之妙有，非力运所能成。《诗经》中多此类句，如："风雨如晦，鸡鸣不已。"（《郑风·风雨》）"蒹葭苍苍，白露为霜。所谓伊人，在水一方。"（《秦风·蒹葭》）艺术创作时，人之思维易陷定势而不得脱，不如"蓦然回首"，回到源头，尤其是一刹那间的感觉，最值得珍视，应牢牢抓住。

用典

诗评家喜以指陈诗家用典为乐，然诗家推敲时，何曾处处想着用典出处哉？言杜工部《阁夜》中名联："五更鼓角声悲壮，三峡星河影动摇"，当其时，忽而想起祢衡《渔阳操》之"声悲壮"，忽而想起《汉武故事》之"星辰动摇",真匪夷所思,如此诗还作得成不?当其时,务求表达之真切而已。比如书画家挥毫,又何曾想这一笔仿某家,那一笔学某派哉?果如是,书画还作得成不?真冬烘先生无疑也。所谓用典,固有着意如此者,多为信手拈出或偶合者,初未以典故视之。

自在与当行

清周止庵论词,将词分为"自在"与"当行"两种。顾随先生言自在即自然、不费力;当行即出色、费力。辛稼轩词"莫避春阴上马迟,春来未有不阴时"(《鹧鸪天·送欧阳国瑞入吴中》),既自在又当行。历史上之书法名作大概亦可如此分成三种:王羲之《兰亭序》、苏轼《寒食帖》、张旭《心经》,既自在又当行;王铎草书多当行少自在;傅山行草则多自在少当行。自在者偏重性情,强调艺术性,举重若轻;当行者偏重形式,强调技术性,举轻若重。

《论语》

《论语》不仅可作思想巨著读,也可作历史、人物传记读,还可以作为类似于《世说新语》这样的笔记小说读。那个时代的城市与宫殿早已消失,但孔子以及相关人物的智慧、言行、心路历程与人情世故却借《论语》而得以存留,浅近生动,探手可掬。作为一个国家长存的记忆,时间也为它增添了光彩与魅力。

「人生自是有情痴，此恨不关风与月。」

草书 张继《奉寄皇甫补缺》

眼睛

如何把握好表现"眼睛"的分寸？重点在含蓄二字。"画龙点睛"一词亦非专指刻画眼睛，而是指抓住一瞬间最能传达人物个性特点的动作、神态、对话，以最简洁、精练、准确的语言（笔墨）加以叙述描写，令人展开联想。鲁迅写孔乙己，用了"多乎哉！不多也"六个字，这是以语言为"睛"，向读者传达孔乙己的旧学修养与落魄人生，不愧为"点睛之笔"的代表。

妙心

稼轩有词云："赤壁矶头千古浪，铜鞮陌上三更月。正梅花、万里雪深时，须相忆。"若无"梅花"之冷艳、"相忆"之温热，则"赤壁"徒怀"千古浪"，"铜鞮"空悬"三更月"。为艺之妙心，寓其中矣。

风筝线

柏拉图曾说："诗人说出的伟大智慧之语，他们自身并不理解。"无论是艺术还是科学，人类创造火花迸发出奇异光焰的那一刻，从来不少"恍若梦中""如有神助"的例子。怀素《自叙帖》曾这样叙述："人人欲问此中妙，怀素自言初不知。"在创造者的意识或潜意识中，始终存在着一根"线",既清晰又模糊,它是受生活感召激起的意象与灵感,它像一根风筝线,一头在天上飘荡,一头抓在创造者的手中。

长出了枝叶

有些先哲的著作,初读并不太懂,再读仍有不少不解,在三读、四读、第N遍反复阅读后,有一天忽然发现,他们的思想早已在自己的心田里长出了枝叶。

抓住细节

什么是抓住细节?不是去刻画那些细得不能再细,逼真到了极点的毛发、器具与纹饰,而是去抓住物象的特征以及它们的共同特点,抓住能够展示物象"内心世界"的一瞬。前者是最微不足道的手艺,后者是真正的艺术。

独立

《克利日记选》中有两条艺术家坚持独立思考,不为流行风格或他人风格所俘的记载。一条是1920年1月1日的:画家哈勒尔注意到自己的塑形方式具有巴洛克风格,于是设法观察罗马的好好坏坏巴洛克作品,来克服这一倾向。另一条是同年2月4日的,记录画家自己:"最近我正带着恶作剧的心情在绘制一些画,主题来自一个感伤派的德国诗人,表示我对古典的反感或对艾森韦特的抗议,我受他的影响,但不能信任他,因为他是过分单面化的德国人。"

独立思考,始终保持"我"的存在,应当贯穿艺术家成长的整个过程。

大乐

读袁中道《游居柿录》至"与龚舅散木及静亭、方平弟登舟,移至江北沙上,席地坐,画字为乐,稍悟古人印泥画沙之妙",不禁莞尔。十余年前,余尝于厦门演武大桥下海边沙滩上,以石子画沙,悟古人"画沙"笔法,归后撰文发表。

半吊子

平易如话,奇瑰闳深,佶屈聱牙,均本乎天性,决于器识,终于才学。元、白轻捷流便,能吟于老妪;屈、李奇谲豪荡,可比邻神仙。此二者,天性而外,才学、器识均卓然一流。惟佶屈聱牙,有"半吊子"足矣。

论文

论文首重格,次重才,次重理,最后为言词。言词如衣着。格高者,才、理、言词均佳；才高者必通理且娴熟言词，然其格则高低不一。

源于

昔年听刘延驰先生言："白蕉先生谈执笔，喜以小孩子抓鸟作比，言握太紧怕把鸟捏死，握太松又怕小鸟飞了。"今知此妙喻源于王铎之《文丹》："文之神来时，如猎人得鹞，以手握之，手太重，鹞忽死掌中；手太纵，鹞不复再来矣！"

极矣

"蝉噪林愈静，鸟鸣山更幽"，王籍《入若耶溪》中的名句，直白叙说如词解，但尚有一段余味。颜之推言此两句出自《诗经》"萧萧马鸣，悠悠旆旌"。《诗经》之句自然浑成，似无心道出，全不用力，远非王诗可比。此八字意境阔大雄放，咏之顿起沧桑之感，生无穷联想。大朴不雕，至此极矣。

寓愤

司马迁《报任安书》，感慨啸歌，语势喷薄，知为其发愤之作也。临颜真卿《争座位帖》，弥觉"奇怪"迭出，异于常时所书，激于忠愤故也。整理书法旧作，忽觉一纸之反面隐隐有劲力透出，非吾平素所能至。乃旧作草书八条屏,借杜甫《壮游诗》一泄胸中块垒,情状今犹历历者。

大约寓愤之作较之怡悦之作更能动人也。

"颍州雅集"

苏东坡《颍州祈雨诗帖》,叙述以东坡为首的几个文人在祈雨后雅集的故事,其中有一段帖文,一直不甚明白。

苏东坡在诗帖中写了四句"顺口溜":"后夜龙作云,天明雪填渠。梦回闻剥啄,谁呼赵陈予?"于是"景贶拊掌曰句法甚新前人未有此法季默曰有之长官请客吏请客目曰主簿少府我即此法也"。"有之"以下18字以前一直未认真断句,故一直不甚了了。一日临此帖时似有所悟,乃句逗如下:"有之,长官请客?吏请客?目曰:'主簿、少府、我',即此法也。"把这段文字意译一下:景贶看了东坡作的诗后,拍掌大笑说:"句法很新,前人从来没有这样写的。"季默接口说:"如果有,那么是长官请客?还是你请客?"季默用双眼扫视了一下大家后说:"'主簿、少府、我',这句诗就用这样的句法。"

联系上下文,景贶所言的"前人",是指先辈、古人,季默则偷换了概念,把"前人"换成了你们眼前的人,也即季默我。

此事发生在东坡刚到颍州作知州时。长官自然是指东坡,景贶(赵令畤)当时是签书颍州公事,算是吏,季默即欧阳辩,是欧阳修第四子,当时闲居颍州。

东坡叙事,谐谑、生动、如画。

孤鸿何处来，舞破千江月。

篆刻 鸿影

兴到

"妙手偶得之"的"偶"大可玩味。"偶"是"恰巧"的意思。"恰巧""偶然"应该以"兴到"为前提。即便是妙手,"兴"(灵感、激情等)也不是经常光临的。偶得之时,大概正是兴到之际。诗仙李白云"兴来落笔摇五岳,诗成笑傲凌沧州";齐白石云"兴来磨就三升墨,写得梅花顷刻开",都可作为例证。

构思

构思的过程很复杂,"合笼"却在"一瞬间",这是灵感在起作用。构思过程起于何时往往是模糊的,与主题有关的积淀都应算作是构思的一部分。构思的过程就像把散在各处的柴禾聚拢来,灵感就是点燃柴堆的那把火。余光中介绍自己写作《乡愁》一诗时说:"心理过程很长,从小时候到动笔写作那一刻。回头分析起来很复杂,而真正写作时就是凭直觉写下去而已。"

留白

多读好书,少读坏书,这个道理大家都懂。书并不是读得越多越好,时间也并不是利用得越充分越好,应该留出一点用于静思、观照、总结、扬弃。"资深"的阅读者尤当如此。就像书画布局中的留白，无限趣味，正在其中。

打折

"读书节"书城推出一批打折书，有人发来图目，附言曰："均为正版。"细观无有中意者。由此联想到人，就像各式各样的书，打折的情况亦极普遍经常。

从自身做起

读书是私人的事，不必有固定之时间、地点、方式与对象。与其绞尽脑汁大张旗鼓去推广倡导，倒不如从自身做起，从即刻做起，做个喜欢读书的人，影响自己身边一个、两个乃至更多的人。

活法

2500年前的一天，子路、曾皙、冉有、公西华侍坐，孔子让四弟子各言理想。子路、冉有、公西华皆存用世之心，热肠涌动。至曾皙时，则曰："莫春者，春服既成，冠者五六人，童子六七人，浴乎沂，风乎舞雩，咏而归。"孔子喟然叹曰："吾与点也。"

用世为民，可视之为崇高的理想；浴乎沂，可视之为平常的生活。

两者兼得,惟圣人能之。本该过平常人生活的大多数人,偏偏为自己或后代选择了崇高理想,然又抛弃崇高,把理想变成对奢侈或者舒适无忧生活的向往。

白石自评

白石老人在一次与胡絜青谈话时说:"我的诗第一,印第二,字第三,画第四。"人多以为老人故意把顺序说反,我则以为老人的自评是真心话。试解之:

老人以口语入诗,直抒胸臆,见情见境见思辨,实为至难至高。老人一生推崇放翁,然清奇处为放翁所不能及。白石四十至五十岁之间作诗达一千二百余首,可见其于诗之爱,所花精力之多。老人治印,如切玉斩蛟,一任自然,大气磅礴,视为痛快之事。老人之字,力能扛鼎,篆书雄阔方正,行书老健中有姿媚跃出。老人之画虽亦独树一帜,然总不如其诗、其印、其书有一股率真豪朴之气,因其多赖此为稻粱谋之故也。

1956年《齐白石作品选集》出版,白石在自序中言:"国内外竞言齐白石画,予不知其究何所取也。印与诗,则知之者稍稀。予不知知之者之为真知否?不知者之有可知者否?将以问之天下后世……"言语间有极肯定自己之印与诗,不太看重自己之画之意,并为世间少真识其艺者而叹息。

宋词之好

宋词之好,好在如话,老妪能解,"垂下帘栊,双燕归来细雨中"(欧阳修);宋词之好,好在如画,精神外拓,于波澜不惊处寄寓无限深心,"昨夜西风凋碧树。独上高楼,望尽天涯路"(晏殊);宋词之好,好在阔大,时空、角色转换不着痕迹,"推枕惘然不见,但空江、月明千里。……料多情梦里,端来见我,也参差是"(苏轼);宋词之好,好在直言心事,绝无作态,"古人兮既往,嗟余之乐,乐箪瓢些"(辛弃疾)。

释"冰霜迫残岁"

著名学者钟振振《中国古典诗词的理解与误解》,颇多真知灼见,然亦偶有值得再商榷处。钟指出朱东润先生释陆游诗《太息·宿青山铺作》二首其一"冰霜迫残岁"一句不妥。朱东润《陆游选集》:"冰霜指艰苦;迫有逼近的意义;残岁指晚年。全句言晚年遭遇到艰苦。"钟教授指出:陆游写作此诗时的年龄是48岁,不得称为晚年。又,冰霜乃深秋及冬天景象;残岁,这里是一年快要结束的意思。因此这句诗的意思是:"眼下正是深秋季节,已见冰霜,今年的日子残剩无多了。"

为方便联系诗中其他句子分析,录全诗如下:"太息重太息,吾行无终极。冰霜迫残岁,鸟兽号落日。秋砧满孤村,枯叶拥破驿。白头乡万里,堕此虎豹宅。道边新食人,膏血染草棘。平生铁石心,忘家思报国。即今冒九死，家国两无益。中原久丧乱，志士泪横臆。切勿轻书生，上马能击贼。"

　　把三、四句与五、六句联系起来，可以确定诗人所写的季节是在深秋。三、四句虚中有实，五、六句实中有虚。再联系后面的诗句，"冰霜"二字确有朱东润先生所说的"艰苦"的寓意。"迫"，有"逼近"之意，更是诗人时不我待心理的体现。钟教授说"残岁"是一年快要结束的意思。一年分为四季，时令虽说已是深秋，毕竟离新年尚远，还有一个漫长的冬季要过，怎么能说"今年的日子残剩无多了"呢？朱东润先生说"残岁"乃晚年。古代医疗科技不发达，人的寿命一般不长。宋代帝王的平均寿命不足50岁，有人计算出宋代社会上层人士的平均寿命为64.55岁。48岁时的陆游以夔州通判满任，正逢王炎宣抚川、陕，被辟为干办公事。这一年，他以幕僚的身份出使多地，诗中自称志士，并发豪言："切勿轻书生，上马能击贼。"由此可见其身心均健。但一个人究竟能活多少岁，自己无法断言。陆游想必是想到了当时的寿夭规律，因此在潜意识中觉得48岁的自己已到了"晚年"，这样理解似乎也有几分道理。但若真如此，此便不是大诗人陆游！不是一辈子想着上马击贼、建功立业的陆游！诗人目睹"道边新食人"，想到"中原久丧乱"，明白"即今冒九死"，结果仍是"家国两无益"，这是多么大的悲哀啊！诗中"白头乡万里"一句，是夸张的说法，意指忧愁之深。如此，"残岁"一词当是其消极的说法，犹如壮年人说"了此残生"之"残生"，其中恰无多少自认已至"晚年"之意。

　　朱是诠释过度，钟乃诠释不足。

"岑夫子"

李白名作《将进酒》有句云:"岑夫子,丹丘生,将进酒,杯莫停。""岑夫子"即岑勋,与唐代书家颜真卿44岁时的楷书名作《大唐西京千福寺多宝佛塔感应碑》(简称《多宝塔碑》)碑文作者是同一个人。

岑勋是唐中令岑文本四世孙,不应朝廷征辟,隐居在伊川九皋山,在既想学道又想做官的李白眼里,岑勋是"夔龙""至人"一般的人物。岑勋与元丹丘(《将进酒》中的"丹丘生")都是李白的好友,李白另写有《送岑征君归鸣皋山》《酬岑勋见寻就元丹丘对酒相待以诗见招》二诗。后一首诗开篇即云:"黄鹤东南来,寄书写心曲。倚松开其缄,忆我肠断续。不以千里遥,命驾来相招。中逢元丹丘,登岭宴碧霄。"第一句中的"黄鹤"是指岑勋,说他从东南回伊川。据此诗叙述,正是因为岑夫子的那次相招,造就了文学史上那场著名的酒宴,李白在酒席上百感交集、豪情四射地唱出了千古名篇《将进酒》。

《墨梅》

元代隐士书画家、诗人王冕的《墨梅》,是一首家喻户晓的诗,载现在的流行版本全诗如下:"我家洗砚池头树,朵朵花开淡墨痕。不要人夸颜色好,只留清气满乾坤。"

近见故宫博物院所藏王冕《墨梅图》上有此题诗,为王冕手迹,诗云:"吾家洗研池头树,个个花开淡墨痕。不要人夸好颜色,只流清气满乾坤。"应该是此诗原貌。两相比较,稍有差异:原诗第一句中的"吾""研",现在版本为"我""砚"。"砚",古亦写作"研";"吾""我",一古一今,意也同。第三句,原诗为"好颜色",今为"颜色好",两者意同,读起来后者音韵似更为响亮明快些。我最感兴趣的是第四句,原为"流",今为"留"。"流",是指梅花的香气流动、散发,十分生动准确地写出了梅花香气的特点。此诗托物言志,如用"留"字,意思则更进一步,有"渴望留下好名声"的意思。王冕是真正的志行高洁之士,不愿做官,遵母训遁入会稽山中,终了一生。如有渴留令名之想,恐是"俗"了。他另有《白梅》一诗,其中有句曰:"忽然一夜清香发,散作乾坤万里春。"其中"散"字与《墨梅》中的"流"字,异曲同工。我推想:化"流"为"留",当是后来好事者所为。

《芙蓉楼送辛渐》

"寒雨连江夜入吴,平明送客楚山孤。洛阳亲友如相问,一片冰心在玉壶。"(《芙蓉楼送辛渐》)著名诗人王昌龄的这首七言绝句,在当时即广为流行,如今仍为人们所喜爱。诗作写于王昌龄再次被贬,调任江宁丞之际。这是一个秋雨缠绵的季节,好友辛渐来江宁看望诗人,几日后,不忍分别的诗人一直把好友送到江宁之北的丹阳。王昌龄共写了两首诗抒发分别时的情感,本文开头说的是第一首。第二首如下:"丹阳城南秋海阳,丹阳城北楚云深。高楼送客不能醉,寂寂寒江明月心。"如果我们把两首诗连起来读，就会发现非常完整。诗人在风凄雨苦的秋天送别友人，想到自己高洁孤傲的灵魂不能为世人所理解，悲愁便漫天无际而来，如同眼前这秋海和楚云。诗人只能拜托好友，方便时告诉那些关心自己的亲友：诗人的节操仍如冰霜一样高洁。

"当得扶羸也"

狂草书的巅峰出现在唐代，有两个代表人物：一个是张旭，一个是怀素。

怀素是个酒肉和尚，不护细行。他曾留下一通书札，名《食鱼帖》，共56个字。他在书札中说："老僧在长沙食鱼，乃来长安城中，多食肉，又为常流所笑，深为不便，故久病不能多书，实疏还报，诸君欲兴善之会，当得扶羸也。九日，怀素藏真白。"什么意思？老僧我在长沙一般多吃鱼，现在来到长安，见大家多吃肉，我想吃肉，又怕为世人所笑，所以只能强忍着不吃。由于长时间一直吃素，所以生病了，对于你们的热情也疏以报答。诸君如果想请我多写些字，那么就先要给我补补身子。（"扶羸"两字，就是"滋补身子"的意思。）怎么补？要吃酒肉。好一个狂僧！

素心人

陶渊明《移居二首》有句云："昔欲居南村，非为卜其宅。闻多素心人，乐与数晨夕。……邻曲时时来，抗言谈在昔。奇文共欣赏，疑义相与析。"常熟邵宁兄，书香之后，虔心艺术，锐意学问，得失淡然，宠辱不惊，当今之素心人也。

某日，邵兄发微信给我，说："怀素《自叙帖》蜀本拓本，很有趣，笔法更像张旭。为何与墨迹本《自叙帖》笔法差异如此之大？"颜真卿得笔法于张旭，出于颜真卿自述，有确凿的文献为证。据明解缙《春雨杂述·书学传授》载：得张旭笔法者，除颜之外，尚有李白与徐浩；得颜真卿传授者，有柳公权、怀素、邬彤、韦玩、崔邈、张从申、杨凝式。如是，怀素属张旭的再传弟子，笔法像张旭当不奇怪。怀素《自叙帖》蜀本拓本我昔年曾见过，并临过多遍，当时也曾注意到与墨迹本的差异，然未多加留意分析，于是回复邵兄说："不敢妄猜。"邵兄又道："我以为可能更接近怀素原貌。"

茶圣陆羽《释怀素与颜真卿论草书》一文，叙述甚生动，画面历历："颜真卿曰：'师亦有自得乎？'素曰：'吾观夏云多奇峰，辄常师之，其痛快处如飞鸟出林、惊蛇入草。又遇坼壁之路，一一自然。'真卿曰：'何如屋漏痕？'素起，握公手曰：'得之矣。'"我于是学颜真卿以问代答的方式回复说："假如使用的笔不同呢？"若同一个人，使用脾性相差甚远的毛笔，运用的笔法和书写效果也会随之有所不同，这一体验来源于我平时的临创实践。有顷，邵兄回复曰："有可能。墨迹本用的是小狼毫，写蜀本时用的笔应该是更粗，笔画起伏更大。"

当天下午，邵兄又发现了两帖中"楷法精详"四字都写成了"楷精法详"，就此我俩又展开了一些讨论。我提出两个观点：一是墨迹本中已用乙字符作出了纠正，证明怀素原拟写成"楷法精详"的，蜀本拓本世皆谓「梅兰竹菊」为四君子,芭蕉枯而不倒,雪压依然,亦君子也。

国画 雪蕉

中的"楷精法详"从字义上来讲也勉强讲得通。二是像怀素这样的一流人物，应该是不斤斤于琐屑之对错的。

隔一日，邵兄又发来某拍卖行多年前的拍品《自叙帖》，疑为明代临本。当时正在上课间隙，看了几个局部后，回复道："估计是张东海所为。"张东海即明代著名文人张弼，东海是其号，王鏊《震泽集》说："其草书尤多自得，酒酣兴发，顷刻数十纸，疾如风雨，矫如龙蛇，欹如坠石，瘦如枯藤，狂书醉墨，流落人间，虽海外之国，皆购求其迹，世以为颠张复出也。"邵兄基本认同我的猜测，并进一步指出该作笔力偏软，没有唐人筋骨，但应该是依原作作的临仿，从中依稀可见怀素的影子。

邵兄为学心细善疑，精于赏鉴，吾不如远甚。

第一行书

多年前，本人曾撰《〈兰亭集序〉何以成"天下第一行书"》一文发表，说了三个原因：雅俗共赏的书法美；洞达清逸的文学美；唐太宗李世民对此帖至死不渝的爱。最近又产生了一些新的想法，写出来作为补充：

序的文学价值。据《世说新语》记载，当时有人把王羲之的《兰亭序》与石崇的《金谷诗序》相比，王羲之闻听后甚有欣色。说明当时士人对该序的文学价值已经有了广泛的认同和关注。序文从修禊地的风物之美、人物之盛写起，最后写到生死之痛，今昔同悲，"向之所欣，俯仰之间，已为陈迹，犹不能不以之兴怀，况修短随化，终期于尽"。至此，序文已由风景散文、抒情散文而变为哲理性散文。作者所抒之情，已非私人一己的主观之情，而是世人的共有之情、客观之情，因此更能引起广泛的共鸣，为它后来被评为"天下第一行书"打下了坚实的"群众"基础。

　　书法价值。王羲之有不少著名的行书帖，如《丧乱帖》《平安帖》《奉橘帖》等，若单论书艺水平，有的恐怕要在《兰亭序》之上，但以上诸帖，影响都不如《兰亭序》。这是什么原因？一是以上诸帖都为私人信件，所述事项也尽为私人性质，所以不能引起广泛的共感。二是字数偏少，体量过小。"天下第二行书"颜真卿《祭侄稿》，"第三行书"苏东坡《黄州寒食帖》，都不是寥寥数语的小品。第三个原因也是最主要的原因，《兰亭序》属行楷书，这种书体的写法与风格在王羲之的其他书札中也经常出现，如《永兴帖》《极寒帖》《建安帖》《追寻帖》等，但在这些帖中，王羲之都没有保持住纯一的风格，写着写着便随兴发挥，掺杂进了行草或草书，《兰亭序》则自始至终保持着一致。王羲之的这类行楷书，从当时的审美效果看，应该比他的行草书、草书更显新美。《兰亭序》有28行，323字，站在书法作品的角度看，可谓洋洋大观的巨作，怎能不令人顶礼折服？再有，王羲之所处的时代，正是书法迅速发展变革时期，在他之前，几乎没有需要超越的书法大师，对他而言，也就没有多少程式和桎梏需要打破，这一点就像莎士比亚之于诗歌。王羲之的一招一式，尽可为万世师法，更何况，《兰亭序》在艺术上也确实是集大成、开新风，笔墨、章法若有神助。它若称第二，哪个帖又敢称第一？

写文章的诀窍

有人向我询问写文章的诀窍。我老老实实地说写文章就是把想说的话写下来,孔子所谓"辞达而已矣"。至于如何说,倒也有些讲究,但当放在次之又次之的位置。如果没有独到的思想、情感,那么即使手法高明新潮,词句再花团锦簇、奇怪百出,照样一文不值,最终还会让人生厌恶之心。若有思想,情感充沛,又何必胭脂涂牡丹?

又问怎么解决无内容可写的问题,我说我且问你:"你经常读需要动动脑筋才能读懂的书吗?你平时注意观察、思考,一有所得就动笔记下来吗?你对各类事物,无论大事小事、远事近事都保有一定的兴趣吗?你有追根究底的习惯吗?如果能做到以上四点,何愁没有内容可写?"

新变为妙

书家作字,总之宜常变常新为妙,所谓日进又日进、日新又日新也。元鲜于枢、康里巎巎均长于草,然鲜于件件不同,而康里则件件如一。两者所书均佳,然康里味单一,易尽;鲜于则时新,让人流连忘返矣!

不忍释其一

朋友来信建议我多创作,文章则可少歇。读书作文,发现新知,我之一乐也;临帖作字,趁兴一写怀抱,亦我一乐也。两者不忍释其一。

然朋友之言亦极是。作文多时，理性上升，感性下抑，故我"久不作草"矣；把笔临池，心悟古人，墨花飞扬，任情使性，若有"新得"，故吾不妨作文也。

首在识人

不是所有景物都可以入画，不是所有人物都值得去描写。孟尝君有食客三千，司马迁只撷取魏子、冯瓘数人而已。选择描写对象时，应考虑对方是否真有"内容"，或其内容在作者构思的"栽培"后是否能结出有个性的艺术之果，如否，则任写得花团锦簇，也终归于平庸。若对象本身"不凡"，则即使不加技巧地实录亦能收到发人深省之效果。

写人，首在"识人""选人"，写功倒在其次。

王觉斯谈诗

王觉斯乃明末草书大师，诗文一道，在北地新都之后，亦一时之盟主。书艺太高，诗名竟为所掩。觉斯曾与祁彪佳谈诗，言诗大概取神理具足，又必以得风雅性情之正，至于淡浓平奇，在乎各人之手眼，以不诡于正宗。所谓正宗：于唐，先杜后李，以王摩诘鼎峙其间，明则取李梦阳。王铎（觉斯）草书，以晋之"二王"为宗，其于此道五十年，强项不屈复于古人，然千变万化，不离正"宗"，故"外道邪魔"不得入。其"诗"之趣味，亦正其"书"之趣味也。

肉搏

《水浒传》第十回写失路英雄林冲在小店中吃酒,"笔笔如奇鬼,森然欲来搏人"(金圣叹语),此是写者与被写者分为两个人。莫如写狂草须用整个生命去肉搏,书写者和书法合二为一。

如画

杜甫诗《客至》最后两句:"肯与邻翁相对饮,隔篱呼取尽余杯。"客人来了,想请邻翁过来作陪,于是隔篱相呼,类似的场景在昔年农村极为常见。把生活极平淡之笔置于一特定场景中,能成至精至妙之笔。

重点

"青藤、雪个、大涤子之画,能纵横涂抹,余心极服之。恨不生前三百年,或为诸君磨墨理纸,诸君不纳,余于门之外饿而不去,亦快事也。"这是齐白石58岁时题《老萍诗草》中的一段话,被引用甚多,引者多以此为白石崇敬前辈大师之铁证。紧接在此段话后还有一句:"余想来之视今,亦犹今之视昔,惜我不能知也。"此语化用王羲之《兰亭序》中句子:"后之视今,亦犹今之视昔,悲夫!"细味之,感觉此句才是重点,言外之意是将来之自己,亦青藤、雪个、大涤子一类人物也。

甲骨文里记了些什么

甲骨文是指刻（或写）在龟甲、兽骨上的文字。由于殷墟出土的甲骨文是商王室晚期占卜后契刻在所卜用的甲骨上的，所以又被称作"卜辞"。甲骨文里所记载的内容绝大数与占卜有关，很小一部分与占卜无关的，被称作"记事刻辞"。目前已发现的甲骨文字有4000多个，经过考释，得到公认的有1000多字，其余3000余字尚存争议。

人类在文明早期，对许多现象不能作出合理的解释，于是便寄托于臆想中的神灵，占卜便是商王们十分迷信和热衷的一项活动。在决定统治者行为的诸多条件中，"龟从""筮从"是最重要的，也就是说统治者们的大大小小行动，都要请示上帝、鬼神。占卜由专门的"贞人"负责，商王常亲自察看卜兆，作出判断。他们在甲骨上不但记下卜问的内容，有时还会记下事后应验的结果，使得"占卜"一事更显神秘，也给后人的研读增添了不少趣味，甚至在某个瞬间产生回到那个"击石拊石，百兽率舞"，龙飞凤舞香烟缭绕年代的幻觉。

卜问灾祸是甲骨文里最重要的内容。"贞问下一个十天一旬之内没有灾祸之事发生吧？"这样的问话在甲骨文中出现得极为频繁。据一枚甲骨文记载，有一个癸亥日占卜，贞人在问了那句话后，商王仔细看了兆纹，判断说："将有祟害之事发生。"此兆后来得到了应验，在十天之内的壬申日，中师的军队发生了行军迷冥道途的事。

为消除灾殃，他们常常致祭，祭祀的对象有自然神（山岳之神、六云之神、河神等），但主要的还是他们自己的先王祖宗，有时还有旧老名臣。有一枚甲骨上有这样两条卜辞："乙丑日占卜，贞人宾问卦，贞问行御除灾殃之祭于先王大甲么？""戊寅日占卜，贞人宾问卦，贞问为商王武丁之妻妇好行御除灾殃之祭于商王武丁母辈名庚者么？"有时生病了，便担心是不是得罪了祖先，如有一枚甲骨记载，商王得了脚疾，问是不是要祭先妣名妣庚者。被祭的旧老名臣则有黄尹、学戊、咸戊等，这些旧老名臣都是"知天道"的宗教性政治人物，也是掌管国事政权的实际操纵者。行祭礼的地点、所献牺牲的品种、数量的多少等也需要通过占卜的形式来决定。有一枚甲骨上刻道："行侑求之祭于丁名的先王，是以五对羊为牺牲么？"又有一枚问道："在益地用祭牲么？"

问卦的内容还有出行、打仗、雨雪、诸侯觐见、收成、捕猎、追捕逃跑的奴隶、飨宴、大臣的工作进度等。有几枚甲骨上还记载了问"梦"的事："商王作梦擒猎了，不会发生灾祸吧？""梦中见到了白牛，不会出现灾祸之事吧？""做了多次鬼蜮噩梦，会有喑哑的疾病出现吗？"又有问分娩之事的："某日占卜，贞人争问卦，贞问商王之妇名妇姘者要分娩了，会生男孩么？商王亲自看了卜兆判断说：在庚日分娩，会嘉吉生男孩。"该片甲骨后来记下了应验结果："这一旬十天内的辛某日，妇姘分娩了，果然生了男孩。"

最后说说记事刻辞。牛的肩胛骨是当时用来占卜、记录的主要材料，在使用前都要经过整治。因"事关重大"，所以需要严把"进货关"，有两枚甲骨上有这样的记载："从晷地征收了廿对牛胛骨，由小臣官名中的贵族检视验收。""某丑日又征收到了十对牛胛骨,由小臣官名从的贵族检视验收。"在一枚体形很大的骨片上,刻了四行文字,类似于现在学生做的笔记:"东方叫析方,东方的风叫协风;南方叫夹方,南方的风叫微风;西方叫夷方,西方的风叫彝风;北方叫宛方,北方的风叫伇风。"

(注:本文所引甲骨文释文,参考了云南人民出版社《甲骨文精粹释译》一书,王宇信、杨升南、聂玉海主编)

写"真"

在海门江海博物馆看了《薪火——吴昌硕王个簃作品联展》后出来,女儿问我吴昌硕的艺术究竟好在何处?我说好在风格的独特且自然,自铸新象,艺术境界高逸如陶元亮。他笔下的花鸟,似乎是乱画一气的,但仔细分析回想,自然界中确确实实就是这样乱长一气的。观赏时,似乎能闻到泥土和动植物的气味,这种气味绝对不同于现代工业的"香水"气味。他敢于且能如此去写"真"的自然,故他的艺术新鲜、生动,有野逸之美,展示了美好的生命节奏和博大的人文襟怀。别人学画通常以师为师,以范为范,一笔一画,不敢自作主张,吴昌硕却从自己的心灵出发,参考自然,摄其神气而写之,自由无碍,所以他的艺术格局就如天一样大,为他人所望尘莫及。

人各有才,一生中若能早早地自我发现,培之育之,也许就成了世人眼中的"天才"。

小园日成趣，惊与昔梦同。

草书 自作诗《小园初成》

摄影杂谈

最近看到两组摄影作品，每组数十张，涉及数十位摄影家。这些作品都曾获得过顶尖的荣誉，欣赏之后感受颇为复杂，触发了一些久积的想法。

二十世纪九十年代初，因为工作的缘故我也学了几天摄影，开始使用的是一部海鸥相机，后来换了美能达，速度、光圈、景深……自己预想了效果，作出估算后手动控制。不久"傻瓜机"普及，但效果实在不怎么样。而今摄影科技发达，人人都是"摄影家"。在某次文艺创作座谈会上，有人说：在当今，摄影艺术是最受大众喜爱、用途最大、最合时代要求的艺术。这种观点无疑代表了社会上大多数人的看法。

摄影是艺术吗？好像不能算是，因为对机器的依赖程度太高。

摄影不是艺术吗？应该算是，因为它能记录和表达其他艺术无法记录和表达的东西，而且，如何表达？表达什么？最后都能由人来决定。

如果说书画入门需要具备一定的笔墨造型能力，那么摄影似乎更难，需要有较高的美学修养、发现的眼光和深刻的思想。

我认为摄影首先应该记录真实。真实是摄影的根本属性，是其最大的强项，是它区别于其他艺术的关键。摄影的后期制作越少越好，照片的成像状态越原生态越好。

为表现某一个宏大主题或追求某种艺术效果，通过"导演"而获得，那是"假的真实"，在这种情况下产生的作品就不是优秀的、珍贵的艺术品。

张家界、九寨沟、黄果树、西湖、长城、故宫都是美的，如果不能拍出它们各自的历史与文化之美、个性之美，便只是一帧普通的风景照而已，和五六十年前照相馆里作为背景的大画片没有什么两样。

漂亮不等于美，美离不开独特。即使是风光摄影作品，也应该是唯一的、奇妙的、有趣味和意味的，既出人意料之外，又在情理之中。我欣赏过一张表现年轻的小僧侣在辛比梅宝塔的欢乐时光的照片。画面中央是三个身穿红色僧装的小僧侣，从他们"追逐"的身姿中可以感受到童年的纯真、活泼、嬉戏和快乐，即使身处宗教圣地也不例外，令人不禁陷入思考。画面上圣洁的白与跳动的红，庄敬的塔与波浪状的墙，既对立又和谐，上方露出的那一角湛蓝圣洁的天空，那是人类灵魂奔向自由的天堂的出口吗？我还欣赏过一张法国布列塔尼地区的沉船墓照片，应该是从高处往下俯瞰拍摄的。船的残骸在那里已经有100多年了，在照片中犹如巨大的三叶虫化石。100多年来，看到此场景的人不在少数，但有几个人被此景震撼了？又有几人由此引发联想，被飞逝的时间和生命唤起了莫大的悲悯，激发了拍摄这一题材的灵感？因此，摄影师自身必须首先是个善感且富有思想的人。

优秀的摄影师应该具有天生的、特殊的敏锐，具有预感事物发生发展的直觉，能在平常中发现不平常，善于抓住最美的、最典型的、最动人的、内涵最丰富的瞬间。而不是"不管三七二十一"地乱拍狂拍，希望从中有所"捡获"。偶然寓于必然，撞运式的创作不可能产生真正耐人寻味的好作品。

敏锐的感知、发现的眼光、联想的才情，这三点比摄影技巧更为重要。

相机和相纸是冷冰冰的，但摄影作品却可以传达出人的温情。时机（瞬间）、取舍、角度、构图、场景、色彩等等都是摄影师的"语言"。我曾见过一张黑白大照片，只拍了两只眼睛，一看就知道那是马士达先生——朴实、倔强、睿哲、仁厚，有精光射人。

我讲不出理由，但我相信摄影师的情怀和思想是可以通过相机来传达的。

摄影师"静下来养心"比四处去"采风"更为根本和重要。

拷问

直到看到麦田计划的宣传招贴《山那边的孩子》，我才心甘情愿、彻彻底底地承认摄影也是一门艺术，而且是丹青妙手都无法取代的艺术。摄影师抓拍到的是十多个山里孩子目送"山外来客"时的普通场景，里面似有千万种滋味，纵用上千言万语都无法说尽。看第一眼，我流泪了；忍不住再看，还是流泪……

现在需要拷问的是：要深入什么样的生活？要以什么样的心态和姿态去深入生活？即使是山水风月，我相信它们也有各自的个性和语言，只有真正懂得它们，才有可能摄取它们的神韵。那位摄影家如果不是有一颗滚烫的爱心拥抱他所拍摄的对象，他的艺术直觉就不会告诉他：那个平凡的瞬间里包蕴着那么多不平凡的内涵。

深情，需要心与心相互的召唤。

深入生活，既要有时间的长度，又要有感情的深度。

《宜州家乘》

黄庭坚乃中国文化史上顶级诗人、书法家，因为"顶级"，故需要与高端的灵魂与思想碰撞。《宜州家乘》的"流水账"，是他跟已经与天地合为一体的自己的对话，折射出无边的寂寞与如海的孤独。

黄庭坚宜州岁月的伟大之处，是把寂寞和孤独"活"成一种无上境界，平淡至极，绚烂至极，高贵至极。

重视劣势

不要拿人家的优点作为衡量自己的标准和效仿的榜样，有时你自己的所谓劣势与缺点，反倒能成就你自己。

台词

打开一书，掉落一纸，上面记有美国电影《吃亏是福》的台词："生命将终时应问自己两个问题：过得充实吗？轰轰烈烈地爱过吗？"不知记于何时。今日重温，震撼依旧。

吾观影视，向重台词，觉台词乃戏之魂魄与底气，如做菜之原料，其意义远在主角演技之上。若台词无味,便觉角色可憎,观看之兴索然。

格局 格调

刘勰《文心雕龙·事类》云:"文章由学,能在天资。"又云,"才自内发,学以外成。"从某种意义上看,作品的格局比格调来得重要。格局类乎人之才力,格调则类乎人之学识。格局出于天生,格调修于后天。

极致之美

极致之美乃崇高圣洁灵魂之投影,常寓身于一极简之形式中:一句诗、一串音符、一根线、一个声音。尚美之心一旦与其呼应,则时光倒流,天地岑寂。

苏格拉底言

苏格拉底言:世人之自我克制实出于自我放纵之需要,克制此种享乐,意在贪图彼种享乐。艺术表达中亦多有克制与放纵之讲究,如苏格拉底所言,克制此实为放纵彼,此法实多缘于创作构思之指引。又有纯出自然者,如人之呼吸,正常之时,呼气与吸气之过程,已有轻重、疾缓之别,若外部情况有变,人体自然之反应亦随之而生。若呼吸之轻、缓为克制,则粗、疾当为放纵矣。

阅读

听演讲代替不了阅读。演讲之流行恰恰是对浮躁之纵容。粗浅之阅读好比饭后散步，阅读好书则像流汗的锻炼。锻炼需要坚持！为获取谈资而读书，越读越杂，浮光掠影，依稀绰绰；为养性而读书，越读越少，越读越精，案头惟数卷而已。

师范生之艺术教育

艺术无处不在，于人生影响至巨。师范生乃将来文化传承链条中至为关键之一节，故对师范生之艺术教育，宜慎重定位。技或暂可不精，眼界则当高，思维须哲与明，以倡扬崇高品格、鼓励创新思维为要，切忌以低层次之技术教学、大众审美为旨归。

野葡萄

读书倦时，于室内转圈，瞥见墙上昨日书写之草书，想起母亲生前对吾书法之评价——"像野葡萄藤"。母亲小学四年级时辍学，若非吾后来喜欢书法，其也许一辈子都不会听说"草书"二字。她之评价，出于直觉，与艺术标准无关，然恰恰是此五字，道出了草书的特点。1500多年前，梁武帝亦曾如此描述他心目中的草书，他在《草书状》中说：

"及其成也，粗而有筋，似蒲萄之蔓延……"徐渭有一题《墨葡萄》诗："半生落魄已成翁，独立书斋啸晚风。笔底明珠无处卖，闲抛闲掷野藤中。"历尽人世沧桑之母亲，也许那天在"无意"一瞥间，已经洞穿其儿子野葡萄一般的命运。

帐饮无绪

人言艺术是闲出来的，艺术欣赏又何尝不是闲适时才有的行为？宋代柳永有词曰："都门帐饮无绪，留恋处，兰舟催发。"人于情急或无趣时，纵是美酒在前也懒得饮，可为吾言之佐证。

疏离

创作要投入情感，愈充沛愈佳，然又不能完全依赖情感。若情感为血肉，则理性为骨骼。强调"人艺合一"之时，亦应注意"人艺有别"。人乃创造者，艺乃被创造者。无理性主导，作者与作品即无疏离感，不可能于创作之时作出及时、冷静之判断与调整。人无血肉无以活，人无骨骼无以立；艺无情感无以活，艺无理性亦无以立。

永久

鲁迅说："一有变化，即非永久。说文学独有仙骨，是做梦的人们的梦话。"若无变化，则只剩残喘；因不能永久，故须有变化。艺术之生命，端赖变化以延续，故，变则通，变则久。

想象力

想象力的强弱，与想象者的胆魄有关，胆魄又与想象者对事物认识的深浅、宽窄度有关，另外也与思维方式有关。想象力也即创造力，《离骚》的想象是对远古神话的复述与发挥，丰富但不是破天荒的原创。国人在科技与艺术上的想象，都有相似的特性。

理性

尼采说："'理性'反对本能。'理性'无论如何都是危险的，都是埋葬生命的暴力！"我以为理性是人"广义"的"本能"的一种，只有人类才有理性，只不过需要后天稍加培养和训练而已。理性是可以与本能联手的，理性能令濒临死亡的思想、艺术捕获重生的机遇和灵感，并再次焕发活力，然后交给本能（感性）去抚育培养。

"上帝"

英国诗人艾略特把人类的思维方式分为四类：与众人对话，相互对话，与自己对话，与上帝对话。反观内照，我有时属一、二类，那是在

凌晨的梦里狂风大作,有竹数竿逆风而舞。

国画 梦中的风竹

写作通识文章时，占比不大；有时第三、第四类并存，占比很少，多半是在创作书画时，那时天地自然就是我的"上帝"；更多的时候属第四类，一个人在家默悟心会，那时候先贤先哲们就是我的"上帝"。

不谋而合

说艺术近似于宗教，这并不是从它的形式和内容上看，也不是看它的产生过程，而是从它的功用来讲。美好的艺术可以慰藉人的心灵，提升人的灵魂，这两点与宗教的功能不谋而合。

艺术的哲学功能

哲学用语言搅动人的思想，艺术则以形象去感化人。艺术的哲学功能是以艺术形象进入人的内心，激起感动，引发思考，即使是同一件艺术品，在不同人的心里，所产生的效果也是不同的，有时还会是质的不同。

艺术的哲学功能的实现是一个间接的过程，虽然抽象的哲学常常需要借助艺术手段来表达，以期取得更好的效果，但不要寄希望于用艺术去替代或直接实现哲学的目的。哲理诗似乎是个例外，其实并不。哲理诗的目的很显然是为了叙说哲理，诗不过是作者用来表达的一种形式而已，就像禅宗的"棒喝"，棒喝这一行为本不具有哲学属性。

障碍

因循易，突破难。突破的最大障碍是什么？创作者自身的鉴赏力。不识美丑、宜忌，看不清现象背后的本质，找不到问题的主因，抓不住解决的关键，突破从何说起？

最初的心动

创作冲动是怎么回事？大多数情况是因某个事物给了作者最初的感动，促使作者难以忘怀，萌生创作的欲望。创作时千万不要把最初的心动忘记，最是心动最动人，最初的感动是可以通过作品传导给观众的。

"去蔽"

艺术作品并不是一个简单的审美对象，它所呈现的"象"，应该比人们日常看到的自然状态下的"象"更"真"。由艺术之"象"而生的"意"，也超越于自然之象。艺术创作的过程是一个"去蔽"的过程，它通过对现实的揭示，引导人们去联想、思考，撩开蒙在自然真象脸上的面纱。这个过程就像吃螃蟹，撬开硬壳，剔除多余。

艺术鉴赏所要做的，是帮助欣赏者推开横亘在自然真象与艺术真象之间的那扇门，走进真理的殿堂，这也是一个"去蔽"的过程。艺鉴赏表面是赏美，实质是求真。

复古的目的

当浮艳、轻佻、靡弱、工巧蔚为时代之风的时候，就会有人站起来倡扬"复古"。复古是改变局面的方法和途径，目的并非回到过去，凡古皆好，踩着古人的脚印再走一遍，甘心做古人的奴隶。复古的旨义是提倡健康、简洁、质朴、清新、自然、遒美的文风，最终目的是世道人心，呼唤美德的回归。

兼具

造型艺术固然没有必要去费力地表现什么哲学、文学，但优秀的造型艺术常常兼具两者之长：不但给欣赏者带来诗意的享受，还会引发他们独立的纵深的思考。凡高的"星空"与"向日葵"富有或冷峻或热烈的诗意，八大山人书绘的是人生的无奈与救赎。

追寻

艺术能美化心灵，美化生活，美化社会。对于极少数立意高远的人而言，艺术学习和创作的目的是为了表达生命，追寻生命真相。个体生命的绽放主要呈现在过程而不在最后的结局，过程也是追寻的结果之一。

欣赏

艺术欣赏教育应该偏于气质的传达、引导和熏染,而非知识的传授。即使面对的是同一本好书,泛泛读完一部书的收获或许还不如以欣赏的态度读完一页、几行。

无地自容

保罗·克利说:"一位艺术家应该是诗人、是自然的探索者、是哲学家!"若以此为标准,多少拥有艺术家桂冠的人要羞得无地自容!

成熟

心理学家说所谓成熟,就是自我变小,自我以外(可能是别的东西)变大。婴幼儿时期自我最大,这是由生物本能决定的,因为他们尚不懂得自我之外还有更多的东西、更大的世界。艺术的成熟却正相反:自我变大即个人风格的鲜明强烈,是艺术成熟的重要标志之一。同样是变大,两者又有本质的区别:对于成人而言,随着自我变小,人的格局会变大,变得澄澈通达;自私的人则多表现为自我变大,因为他们的心中不存有、少存有他人或其他事物,于是他们的世界永远是狭隘的。艺术上的自我变大,是化合融通百家也即化合个我与人我之长后的大,是品咂了人生百般滋味后诞生的一个"新自我",较之原初,更为精练、深刻、包容、博大,与众不同,卓然独立!

再加"一要"

一个艺术家在艺术上能走多远很大程度取决于他对艺术的认知,认知的深度取决于他的修养和天分。天分的重要我们不必避而不谈。梁山舟答张芑堂说:"学书有三要,天分第一,多见次之,多写又次之。"杨守敬评价此语说:"此定论也。"我以为"三要"之外宜再加"一要",即文化修养,且宜居首位。如果以一辆行驶的汽车作比,文化修养就好比燃油,油足才能行远。

生活

都知道写文章最忌陈词滥调,说同样一件事、描述同样一个景,要努力叙述得与人有别,如此才有价值。书画、音乐、摄影等艺术又何尝不是如此?不重复古人,不重复今人,也不重复自己。

艺术创作须有实实在在的生活作为源泉,别人的作品不是供自己任意掘取的富矿,时髦或精湛的技巧都不可久恃。作为了源泉的生活可以分为他人的、自己的两种,均要经过创作者心灵的加工方可拿来使用。又有实和虚的区别,实是指实际发生的,可以看到和听到的生活;虚是在实的基础上通过推理、想象虚构的生活,以及作者的思想和情感的积累。当下,研究方面最缺少的是对艺术本体进行多维度、多角度切实的研究和分析;创作方面最缺的是其积也久,其发也烈的震撼之作。

谁是主宰

大师是人类思想文化之先行者,故必然是一位独行者,他们之境遇,反衬出人性之愚与恶。然他们毫不后悔,甘心做"人类的忠仆",做人类文明祭坛上之牺牲。叔本华说:"每一个真正开启人类心智的人,每一个艺术大师,几乎都成了殉难者,只有极少数例外。他们饱受折磨,贫穷凄惨,不被承认,无人同情,无人追随。"纵观人类历史,惊世的才华与富贵、长寿常不能兼得,"悲剧"时时上演,背后谁是主宰?

评价的步骤

艺术作品的评价可从技术、格调、新意三方面进行,可作如下层进式的体察:

技术→技术+情感→技术+情感+独特风格→技术+情感+独特风格+崇高的灵魂及对人生的独特感受。

"崇高的灵魂及对人生的独特感受"是艺术的核心,其他都是外壳。

不惧

艺术家应该不避痛苦,痛苦能唤醒在甜梦中沉沉死去的灵魂;艺术家应当不惧悲哀,悲哀可以是一面透彻真相的镜子,"它既是伟大艺术的典型,又是伟大艺术的验证"(王尔德语)。

程式

为艺术而艺术,是艺术创作许多程式中的一种,并不以艺术的目的为目的。艺术是永恒的,艺术女神的使命是引领人不断前行、上升。作为一种程式,它就像一件被许多人穿过,或者正被人穿在身上的工装。

试金石

李可染先生言:"可贵者胆,所要者魂。"胆,并不单指于技法、形式上的大胆尝试和突破;魂,并不单指作品中要有情感与精神的寄托。胆和魂,还须有另一层含义——风骨,即敢于挑战邪恶、敢于揭示真相、敢于为广大民众鼓呼。这是我国文艺的优秀传统,也是革命文艺的光荣标志,放诸当今,是区别从艺者是高尚还是平庸、渺小的试金石。

水绘园墙边的芭蕉,也许借了"冒董"故事,因而在我眼前招摇不去。

国画 水绘园墙边的芭蕉

满眼生机都不见

对于影视界的阴柔风现象前几年已有很好的反思,也有所收敛。现如今书画界的阴柔风却越来越春风得意,享受着千万世人的追捧。书画界的阴柔风当然与作者的性别无关,专指作品的价值取向与审美制作。在书法则表现为描头画脚,搔首弄姿;在绘画则表现为"满眼生机都不见,平铺细抹死工夫"。

当我凝视那些世界名作的时候

旅美的短短十天,几乎天天泡在那些著名的美术馆、博物馆和图书馆,得以零距离观赏数以千计的世界名作。返观己身,感慨良多。每日回到住处,于夜静更深之时,记下点滴感想。

• 凡以表现事件场景为目的的画作,当首重气氛,气氛愈多质愈好。多质是人类世界丰富与复杂的特性。画面物象寥寥者,若是人物,当以神态(尤其是眼神)为主,肢体动态为辅;若是花卉,则用拟人法,以能发挥花卉的特性与精神特质者为胜。

• 表现神态和动态不是绘画的目的,绘画的目的是表现被描摹者的"内心世界",是画家此时此刻内心的征象。

• 毕加索早期的人物画很淳朴,他在表现女人的身形、长发、衣袂时,线条飞扬,一如中国书法中的行草书。他曾说从中国书法中吸取过营养，此话不假。

- 高更晚年生活的塔希提岛成就了大师高更。小岛与世隔绝，苍穹蔚蓝，树木翁郁，风情奇异。独特的高更走上了独特的小岛，独特的生命与独特的自然结合，艺术火花更加耀眼。

- 欣赏梵高的画，感觉他是一个实诚的人，但内心又很热烈与丰富。实诚让他的画作不转弯地直接与朴素的世俗生活一拍即合，融为一体。实诚让他心无旁骛地为生活为美而狂。对象不同、场景不同，梵高的表现手法也随之变化，方式由对象决定，因此他的画从来都像是从"内容"里长出来的一般。他的画中有发自内心的"真"，那是直接表达的"真"，这个世界上没有比这种"真"更珍贵更美好的东西了。

- 梵高的画与中国书画的写意精神殊途同归。他画的花卉、枝叶可能是僵硬的，甚至是呆板的，可是花朵却生动、精密、诡异，手法举重若轻。他只用寥寥几笔油彩线条，利用油画颜料有凹凸感的特质，把花瓣与花瓣之间若曲若直、若离若合的关系，轻松、自然、传神地呈现了出来。描绘自画像中草帽的一个个色块，酷似中国书法中的飞白书，我们能据此想象他作画时的投入、忘我、率性以及内心深处对自己命运的调侃。他的老师和朋友都没有告诉他应该如此去画，是天才和直觉告诉他：如此最佳。

- 莫奈的睡莲，近看全是飞动的线条和色彩。或若狂风中的万岁枯藤，或若磐石深嵌于地，色彩上再施以色彩，如人之心事重重叠叠，如喜鹊登枝喜上加喜。近视莫辨东西，往后移动数步，则见垂柳婆娑起舞，天光云影在池面颤动，叶儿碧绿，花儿娇艳，生命的热力在画面上蒸腾。

在现代美术馆，有幸欣赏到莫奈的一件超巨幅睡莲，八米左右长，两米左右高，只觉得有无数的激情和诗意在歌唱，在肉搏。色块、色块，线条、线条，粗豪地、凌乱地杂陈着。或忧郁如"国破山河在，城春草木深"，或张扬如"长啸一声出门去，我辈岂是蓬蒿人"。一笔不可移，一笔不可删，一笔亦不可增。联想起中国的狂草书，唯唐代张旭的草书《千字文》可与之媲美。祝枝山的《箜篌引》，稍显简单；怀素的《自叙帖》，稍显单薄。而历代中国画名作，在气势之豪荡、激情之澎湃、思想之多质、精神之凝练上，恐无有与之相仿佛者。

东西方艺术的最高境界，最后都不约而同地指向了"写意"，罗丹的雕塑亦是如此。写实的绘画常常会沦落为技巧的卖弄，以及事件或场景的记录和诠释。高超的写意则是艺术家把一颗滚烫的、热扑扑的心捧到了欣赏者面前，让人感动、回味、欲罢不能。

· 人们在对自然界的某些事物和现象还未能得出科学的解释之前，只能依赖于神话和宗教。以此为题材的绘画，与其说是在宣赞"创世"者的神圣和伟大，毋宁说是画家在和当时的精神统治者们合谋编织神话，劝说世人"顺从"命运的安排。

· 大都会艺术博物馆有一大厅，里面摆满了中国古代雕塑和壁画。妻子站在展厅中间愤愤不平："凭什么我们的东西都变成他们的了！"

展品极为精彩生动，有高达7.5米的药师经变壁画，有从汉至明的各种雕塑，且大多为巨作。走近细看，凡"巨作"必有割裂之痕迹。可以想象，当时是为了搬动它们才想出了如此"良策"。继而又想，假如当时没有我们的同胞倾力相助，就凭他们几个冒险家、淘宝者，能撼得动这些"宝贝"吗？

● 周有光先生认为："全球化就是全球聚合。聚合运动是自然的发展，人们无法改变它的进程。"全球化过程，必得"同"中有"异"，"同""异"互补并存，人类才不会跛足而行。不停歇的矛盾、统一的转移，是激发人类不断前进的动力。文化全球化，来势凶猛，泥沙俱下，务须保持清醒和个性，汲取他人之精华，扬弃自身之糟粕，与时俱进，这似乎也是唯一的出路。

我们现在面临的是一场规模空前的文化战争，它的威力非军事形式可比。文化战争有隐形、潜移默化的特点，说穿了，它是人类思想、精神的战争，所以它可以采用改变人的"文化基因"的手段，以达到彻底灭绝某类人种的目的。

文化战争又好像一个拍卖行，但它拍卖的不是珠宝、玉器、字画，而是"灵魂"。现在正有不少人争先恐后地把自己的灵魂送拍。

● 平心而论，我国美术史上不缺乏可以与西方抗衡的大师和作品。从精神高度、思想深度、文化含量、技术创新、艺术魅力诸方面考量，都毫无愧色。但在近现代，我们确实表现欠佳。缺乏理想、自信、骨气，媚外媚权媚钱，格局怎么会大？还有一个问题，同样级别的艺术大师，他们的名字和作品都动辄有国际影响力、国际知名度，可我们的大家大师却"足不出户"，有的甚至连在"户内"也少有人知。是画种的原因吗？是语言障碍的问题吗？是别人家不够包容吗？还是别的什么原因？改革开放以来，国家每年都要花巨资向国外推介艺术家、艺术作品，推介出去的是不是都是艺术上的大师大家以及精品力作呢？如果不是，或者其中相当多的是相反，那么别人对我们依旧视而不见，或嗤之以鼻，也就在情理之中。

事实上，说别人看不懂中国艺术其实构不成真正的问题。外人对于我们老祖宗遗留下来的文化艺术的精华瑰宝都在想方设法地攫取。有的艺术馆专设亚洲部，大都会艺术博物馆中展出的中国艺术品，就没有一件是平庸之作，如唐代韩干的《照夜白图》、宋代郭熙的《树色平远图》等。即使是偏向抽象的书法，也照样是他们猎取的目标，如宋代黄庭坚的草书长卷《廉颇蔺相如传》等。参观期间，还不止一次地看到日本、韩国的汉字书法作品。多年来，对这类问题之所以要较真，不是庸人自扰，用徐复观先生的话说："'求真'是构成学术尊严的重要条件，而学术尊严也是构成一个国家民族尊严的一部分。"

• 艺术作品是由作者的精神主体（个性）和表现技巧两大因素构成的。精神主体受教育环境因素和先天因素影响，技巧手法则来自于传统、他人和自创等途径。艺术作品是艺术家心灵的折光，是社会生活的投影，这个观点普适于古今中外。如果违背了这一规律和逻辑，那就是"不正直不诚实"的创作。

一百多年前，当毕加索的立体主义刚刚诞生的时候，人们对他的惊讶主要出于对其风格的惊叹。面对毕加索的作品，我们能寻绎到物象的本来，即他所依据的最原初的"象"，能够体验到他高度凝练的深刻，感受到他解剖和剥离事物表象的能力。他的画，接近于哲学。具体地说，毕加索的艺术之美，来自于风格的高度独特，来自于眼光的穿透力和解构后重构的合理与巧妙，来自于心灵的敏感、丰繁和深邃。他的抽象和变形，始终没有离开现实，是植根于普遍中提炼出的独特，因此是"正直的诚实"。他表达的是他自己眼中心中的世界、情感和自己的个性,他没作假。因此,在他的作品前多站一会儿,也许会有会心一笑的可能。

• 好的绘画作品应该和音乐一样,打动人的不是"形式",而是"感觉",而且可以是多解的或者模糊的感觉,欣赏时不需要用文字来作具体说明。不少现代抽象艺术作品,离开了文字说明就寸步难行,必得加上长篇说明人们才能看懂。有的作品旁边,馆方干脆贴上一张小卡片,言明无法解释。这里的"无法解释",不是指作品多义、模糊、丰富得一时不知从何说起,而是荒诞得连馆方专家也找不到"感觉",是莫名其妙和不知所云,想加几句解释或说明提示一下观众都无法实现。

有这样一件现代艺术作品,墙上挂着一面蓝底白字的旗,旗上的文字是"昨天这里又绞死了一个人"。(大意)墙脚下卧着一张狗皮。旁边有文字说:在种族歧视还存在的当年,绞杀黑人的事经常发生。于是一旦绞杀了一个,第二天便有人在楼上挂出这样一面旗。明白了这段历史,再看这件装置艺术,方若有所悟。然该作品的含义也就仅此而已,魅力至此已尽,欣赏再也无法继续和延伸。这种主题先行的作品,似乎放到历史博物馆中去更加合适。强加主题,主题先行,都是艺术创作之大忌,是政治而非艺术,是"不正直与不诚实",因为它们违反了艺术创作规律。

• 站在现代艺术馆内,我感受到的是压抑、失落、阴冷、荒凉、恐惧、呆滞、支离破碎和不知所措。而这些,正是现代抽象艺术的特征。之所以如此,原因是开创者们出于对时代的敏感,在现实中找不到出路,也看不见希望的曙光,因而在内心形成空虚、苦闷和忧愤。以"变形"的心态看周围正常的事物，偏离了原有的模样，有的甚至如幻觉一般，同现实拉开了很大的距离。但后来的那些追随者，尤其是现在那些所谓玩现代艺术者，大多无此等内心体验，只是想借现代艺术之名得一点余惠，所以他们画中的三角形、四边形、不规则形、圆等等，不是对事物的概括，而是功利的设计和做作，从无感情和心灵的寄寓，他们是艺术的作假者。平涂的色彩，也给人以木然、呆滞、其人虽活其心已死的感觉。

• 古典艺术带给我们的主要是宁静、温暖、安慰和希望，当然还有神秘，但那是时间距离造成的。现代艺术则相反。对于现代艺术，我们也许还可以这样理解：是现代艺术敲响了人类发展途中的警钟。早在100年前，英国作家劳伦斯就已指出："艺术的职责是在一个充满生机的瞬间揭示人与其周围环境的关系。由于人类总是在旧关系的罗网中挣扎，所以艺术总是走在时代的前面，而时代则总是远远落在这一充满生机的瞬间的后面。"可叹，同时又必须警醒的是，我们现在看到的那些抽象的现代艺术，"创造"的大多是挫折、恐怖、变态和绝望。

• 虚、静、明是中国艺术精神的根源，此三者是人与自然融合的产物。西方艺术也有此等意识，然不以此为最高最终追求。正有此不同，所以这也正是中国艺术可以傲立于世界艺术之林的底气之所在。

代表作

托尔斯泰于垂暮之年给沙皇写信："我决定放弃我的爵位，我决定十年前女儿赴美前夜作，如今挂在香港爹核士街女儿的寓所里。

楷书　王安石诗四首

放弃我的土地，我决定让土地上所有的农奴恢复自由人的身份。"此信乃托尔斯泰一生中最了不起之代表作。艺术是帮助艺术家完成人生变革、获得新生之桥梁，所以从某种意义上说，论定艺术家之高下，不仅要看其艺术作品，更要看其最后成为怎样一个人。

"无我"与"有我"

既欲"无我"，又欲"有我"，看似矛盾，实各有所指，且足可调和。

创作时"无我"：无挂碍，无种种执，无种种念。心底欲望放空，空间有天如许大，有无限大之自由。

作品中"有我"，即有"我魂"之存在：我之思，我之情，总之曰一个"真我"而已。真我乃作品魂魄之所寄。

"行到水穷处，坐看云起时"，此乃"无我"之心态，属生活之态度，是禅，非创作时之"无我"。

行到水穷处，无路可走，便坐下，正逢有云霭从山谷间冉冉升起，便看云。如此"心无所事"者为谁？自然状态之"我"，持"无我"心态之我。昔阮籍驾车出游，见路不通，遂痛哭而返。今"我"与阮籍有别，"我"非阮，此正可证明"有我"之存在，然此处之"有我"，非艺术创作之"有我"。

"无我"之心态、观念可变，然"我"则始终是一真实之存在。坚守真实之我，表现真实之我，作品中必然"有我"。

渐修

个人风格的形成也有难易高下之别，形式层面易，精神层面难。仔细分析那些个人识别度高即风格鲜明的艺术家，能立数十年而不倒者，都是渐修与天性自然融合的结果。那些剑拔弩张或搔头弄姿、故作怪奇者，都是过眼之云烟。

顿悟诚可贵，渐修不可少。

四无

写意画入门易，提高难。一笔下去，干净利落，"神、骨、肉、血"齐备，若无可观之笔墨功夫积淀，一切皆为空想。

考察历代写意画名作，画中物象亦多由画家自己炉炼而成，个性鲜明，历久弥新。当代写意画多用渲染之法，物象愈趋丰繁，然有墨无骨，有形无韵，不解简繁、主次之调和，"四无"之故也。何谓"四无"？笔墨无张力，造型无能力，经营位置无魄力，落款无组织文字与书写文字之能力。

南齐谢赫（约459—532）《古画品录》以气韵生动、骨法用笔、应物象形、随类赋彩、经营位置、传移模写为画之六法，以此六法之美构建中国画最简约之理论框架，若以此观照，当代写意画，尚余几美？

风是我和荷花的信使,传送美好的情意。

篆刻 荷风满屋

万物生：八千里路云和月

文化篇

斯文气象

写大草，切忌迎合众好，用零碎的"堆砌"来制作"堂皇"。既要全局浑然，大气流行，风骨凛然，又要在看似突奔纵横中有着严密的内在逻辑秩序和耐人寻味的细节，在"狂"与"放"中见出斯文气象。

推想

古人书碑刻碑，推想只是尽量把事做好做完美而已，只有基本技法，并无风格、手法等诸多想法，所以轻松、真实且可爱。认真处，表现为庄重；率性处，最是其精神流露处。

鉴赏

专注于结构造型，下之赏；醉心于笔情墨趣，中之赏；游心于神采境界，上之赏。世人乐"耳鉴"，乃下下之赏。

淡定

生活中，我们常说要"淡定"，孰不知淡定也是有条件的。那就是要有所经历、有所积淀、自信勇敢。书法创作，常说要"自然"，要"一气呵成",那也岂是说说就能做到的?"台上三分钟,台下十年功",宜再加四个字——自信、无欺!

到古人处

有攻书数十载之书家,每赏其作,细看复看,总少令人动容处、令人击节赏叹处。又见习书数载之青年,笔墨飞舞,然表情木然,貌似生动,实不知书魂之所在与所系。细加推究,乃无有生动之细节之故。生动源于自然,细节来自心灵之每一次悸动。古人佳作,每于平静之中、不经意间,一曲一侧,尽态极妍,大得风流。于大处得势,于小处得神,此方为能到古人处。

参看

欲知书家胸襟之宽窄,可参看其书作之布局;欲知书家处世之风格,可参看其结字之正欹;欲知书家情感之真伪,可参看其用笔使转及点画。

格物致变

坡仙尝论画竹木,言形不可失,于理更当知。生死、新老、烟云、风雨,必曲尽真态,形理两全,方可谓晓画。世人为艺,多重于形而疏于理,每下笔唯恐有失,唯恐不奇。殊不知形乃理之表,理为胚芽,形为枝叶。谙熟物理，则如水之于物，变化自由。西人画画雕塑，有至于研究解剖者，亦为求知理之故。"致知在格物，物格而后知至。"（《礼记·大学》）故知理方从容。

临法

古帖多模糊处，若能见出轮廓，则可以自己之经验与想象去填空补充。王宠临《阁帖》用此法，反生新意。范帖之运笔速度亦当在临仿之列，古有作狂草笔速极快者，临者固当快，然亦何妨偶以慢速临之。吾临祝枝山草书《桃源图诗册》用慢临法，原为笔速飞动所障之"沉着"之美乃得呈现，老健姿媚，出格在格。窥得天机，欢喜非常。

《石门颂》

《石门颂》虽为摩崖石刻，其实每个字均不大。《石门颂》美在有逸态更有逸气，不是通常摩崖作品的壮与雄。"逸"字最难捉摸，飘拂倏忽，看似乱头粗服，实则精气四射。类似的人物，在生活中偶尔也能看到，忽近忽远，似无还有，余韵不绝。

小楷的写法

今人小楷虽多"变态"，然仍难逃"算子"之讥。变色龙名字中虽有一个"龙"字,然终究仍只是一条爬行的蜥蜴;精心修剪过的盆景,也终究不过是人家案头几上之物。变"态"不如变"质"。小楷写到熟时,不宜再拘泥于点画结构,要用感觉、意识、情感去写。只有抛弃各种束缚,才会产生虚灵之美,生动自至,神韵自生。

东坡"二帖"

苏东坡《寒食诗帖》有"天下第三行书"之誉,其晚年所书之《与叶梦得书》,无《寒食诗帖》之流利与开合,不动声色,笔墨间隐隐有无限苍凉之感,对欣赏者内心之冲击胜于前者。前者之美偏于艺术,后者之美偏于人生。

艺术之美或可学,人生之美不可仿。吾学书30多年,今日方悟此。

联系

欣赏杰出的书画,常常会生出嗅到自然旷野气味的幻觉,比如野草的清香,河水的腥味。这是自然、生命之气。近日在朋友圈中见有人说艺术创作中最高贵的是"野生",我想我的感觉与别人的说法或许有着某种内在的联系。

《论语·先进篇》:"子曰:'先进于礼乐,野人也;后进于礼乐,君子也。如用之,则吾从先进。'"李贽批曰:"从来君子不如野人。"若有所悟。

人生多苦雨凄风,换一个角度、换一种心境去审视,可以多一份美好。

隶书扇面　听雨僧庐下

热写与冷看

创作书法时充满激情地去写，谓之"热写"；写后张之于壁，不时复看，隔数日再看，谓之"冷看"。

那些"特殊"的字

临习古碑的时候，常常生出这样的感慨：依着自己的感觉、审美去发挥，然后与古人相较，觉自己浅薄非常。以临写《瘗鹤铭》为例："廼"字最后一笔捺脚，我常常会自然而然地捺得长些，总觉唯如此情感表达才会充沛。范本则恰恰于此常人最易纵放处作收敛处理，因而格外含蓄、隽永、沉雄。类似的例子在这件摩崖作品中还有很多，如"化"字右上方的一个短撇，处理成一"点"；"髣"字下部"方"的一长撇，偏偏内收。这些字恰恰因为作了收敛处理，因而内涵显得无限地丰富、纵深和广大。《瘗鹤铭》中那些"特殊"的字，像一个朴实低调的富人，又像一个不愿多言的哲人，他们平静而悲悯的眼神正轻轻地拂过我们。

合"理"

论起书法创作，有人专讲构成与风格，我以为构成（布局构图）与风格，当与创作者的情及文本的文学内容相结合，方合艺术创作之理。李白诗豪放不羁，然并非一味豪纵夸张，细加究诘，均合于事实与事理。《渡荆门送别》句"山随平野尽,江入大荒流",合于地理;《秋浦歌》句"白发三千丈,缘愁似个长",合于情理。无理的抒情,最容易变成乱弹琴。

古雅

所谓古雅,其实就是真实与朴素,减少文饰技巧,强调真实简洁,人格与才学是达到古雅的必要基础。如今学书画者,谓求古雅,开口宋元,闭口魏晋,其所着眼者,为形相、为构图、为色调、为笔法,并及用纸、装裱,不遗琐屑与余力,唯不及诸形式背后之风骨与情怀。"以若所为求若所欲,犹缘木而求鱼也。"(《孟子·梁惠王上》)

正书为底

写今草要以正书为底,即要有写正书的基础,尤其是写大字楷书的基础,不然难以克服轻滑无据的毛病。细味"永"字八法的起讫、转折、挥运节奏,是慢节奏的草书,无不与自然同律。"空山独立始大悟,世间无物非草书。"(翁方纲语)

舞蹈精神

徐渭书法有极强的舞蹈性,无论是行书狂草,还是他的行楷书。其书作在苍劲泼辣中有姿媚跃出,独秉一种风流气骨。此亦有因也:中国书画、戏剧有一共同特点,即里面都贯穿着音乐精神、舞蹈精神。徐渭于书、画、戏剧三艺术之造诣都登峰造极,舞蹈精神早已深入骨髓,他深知"舞"之于书、画、戏剧诸艺术的重要性。

内力

诗文书画都有内力。内力非由技巧训练而来。

内力是心力,是"真力弥漫"之"真力"。内力由作者所经历的各种人生境界而来。国内,屈原、李白、杜甫的诗,苏轼、徐渭的书画;国外,荷马、歌德的诗,凡高、米勒的画,无不内力沛然,突破"小我",走向"大我",俨然宇宙自然的代言。内力是深刻、广大、壮硕、老健、丰满的艺术精神,是屡挫屡起,历劫而不弃的对人生的痴情,反映在艺术作品中,是坚韧理智、丰富热烈、决然而又超拔的冲破与反抗。

韵味与趣味

书法的内涵与韵味主要靠点画线条来承载和表达,趣味则主要靠字的造型、作品的布局来获得。韵味来源于书写者的功力、审美、阅历、修养与为人境界。新异的趣味常出现在书者完全放松、无意于佳的时候,出现在书者高度亢奋、兴来欲书的时候。那时节,书者天真单纯如孩童,故异想天开的成分多,奇思妙想如天马行空。奇异美也会在"被逼"的情况下产生,比如突然发觉需要书写的空间太大或太小、太扁或太窄，或者局部书写出错，再或者下笔位置出现了偏移等，于是只能灵活、随机、即兴、不假思索、将错就错地变化字形去应对。

韵味有恒定持久的特点，绕梁三日即是；趣味则如电光石火，有转瞬即逝的特点，"雪夜访戴"即是。

路在何方

书法出新的路在哪里？一定要遍临名碑名帖吗？古代书家大多一生所见有限，为什么却能别开生面？当代人可以轻而易举地获得千百种碑帖，为什么偏偏甘心做书奴？一定要长年累月、孜孜矻矻地专注于一两种碑帖吗？许多人却因此而食古不化，作茧自缚。"昨夜星辰昨夜风，画楼西畔桂堂东。身无彩凤双飞翼，心有灵犀一点通。"路在何方？也许只有一途：真诚地对待书法，真正地保持心灵的自由。

记录时代

石涛说"笔墨当随时代"，这话固然不错，更多的实际情况是艺术家不必去"随"，因为自己的笔墨在无意间已记录下了这个时代的一个个侧影。

有些绘画题材，如飞禽走兽、花草竹木、山川风月，其物态是不变或少变的，无法反映时代变迁，但一经艺术家之手便会不同。比如画竹，宋代文与可与元代倪云林不同，清代郑板桥常于衙斋卧听的萧萧竹又与前两者大不相同。欣赏他们笔下的竹,可以领略到三个不同时代的世情、人情与审美风尚。描绘对象没有变,变的是作画人的思想情感。作画人的心理趣尚是随时代之变而变的,想不受影响也不可能。俄国哲学家普列汉诺夫说:"在社会发展的各个不同时代,人从自然界获得各种不同的印象,因为他是用各种不同的观点来观察自然界的。"

玄妙

古人称书法为"玄妙之伎",这是真正深得"书伎"三昧的人才说得出的话。书法的玄妙处,"伎"是次之的,美学意蕴的玄妙才是主要的。

由于书法向外传达的意象常常是难以言传的,恍兮惚兮的,若有若无的,含蓄蕴藉的,玄奥形上的,所以大众审美包括某些高校的书法教学者,无视书法"玄妙"的存在,趋易避难。每论书法,不是简单地归类,就是粗暴地肢解,离艺术的本质愈来愈远,书法艺术所特有的丰富的文化美学信息,被簸扬得所剩无几。

若无玄妙,焉能称之为书?君不见,许多"成功"之作,不过是一些没有感觉、花样翻新的"算子"罢了。

印眼

友人来谈印,言其师曾告诉他:海上印人江成之治印素以工稳妥帖示人,有人认为太过平淡,若细赏,则每一印中必有一细小的不同寻常处。我说这个"不同寻常"处就是"印眼"，有"眼"即不俗，能起全局之衰。然此老若果真每印必求"印眼"，也是一个可噱的事。

提醒

一个成熟的书家，要时刻提醒自己不要陷入"熟练"的陷阱。驾轻就熟、流畅无滞、挥洒自如固然都是优点，但也极容易导致因熟练而造成书写时人的主体精神的麻木、疲惫、弱化，甚至有可能出现缺失及因此而蜕变成油滑。

"内象"

王僧虔论书说："书之妙道，神采为上，形质次之。"郑板桥赠黄慎诗说："画到精神飘没外，更无真相有真魂。"书画艺术历来以"神"为上。

艺术家须摆脱事物表象的束缚，由表象之真进入"内象"之真。神采出于内象，内象是事物的精神所系。内象的获取，端赖于艺术家的感受力、思辨力、摄取力、融合升华力、概括力和表现力。

越简洁越易出神采，越简洁越易起共鸣。

一作一法

石涛说的"一画之法"，或许可以作极为简单直接的理解，即每一艺术的灵界从未关闭,只要有一颗爱心在,艺术的感官就在,美的艺术就会永在。

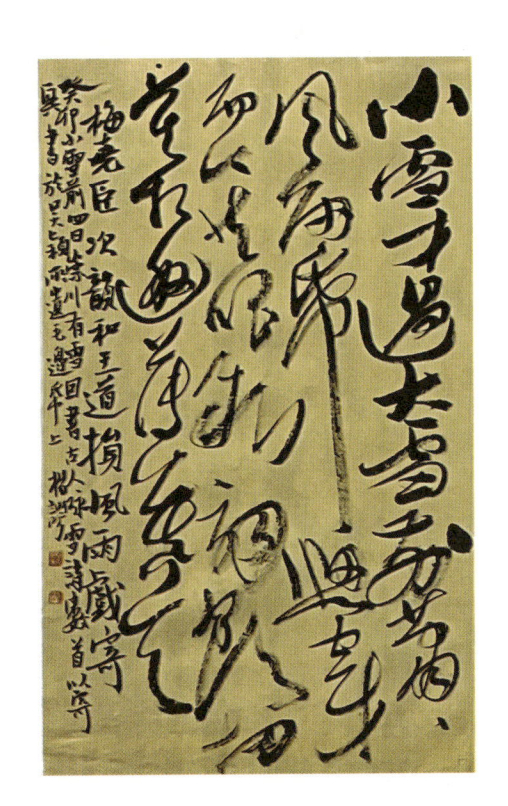

草书 梅尧臣《次韵和王道损风雨戏寄》

幅画只有一种最适合的画法。好比量体裁衣,私人定制。

这种理解其实也适用于其他艺术门类,无论是文学、音乐、舞蹈,还是建筑、书法。灵感涌来时,一挥而就固然是好的,但我们又不得不经常面对接受命题创作的事实,为寻找合适的表现方式、风格等而作多次尝试,很少有如探囊取物般容易的例子。最近接受书写张謇《游初归过狼山湾遇雨》一诗的创作任务,读完该诗后,马上摒弃了用自己擅长的草书来书写的打算,先后尝试过用楷书、行楷、行草、汉简来书写,尺幅也试过四尺整张与四尺对开,经过反复比较,最后觉得只有那件以行草意趣书写,体取北碑体行楷的作品,能较好地表达出张謇当时焦急而又复杂的悯农之情。然而两天后的早上,忽又推翻了原先的选择,觉得若按正常形式书写会缺少感染力,诗题既有"遇雨"二字,诗中情感也因雨而起,何不对此作一强调,采用现代书法的某些元素?于是再一次重作。

草性

王铎的大草书形、神、劲俱足,始终不苟,无一笔轻过,惟《唐人诗九首》是个例外。此作一行之内,字与字之间牵丝多不断开,真如"一笔书"也;字法则随意颠倒,行的走向歪斜向右下,墨色常至极枯;点画有力能扛鼎者,亦多随风飘荡如风筝者。可用"最见草性"四字评此。草,此处作潦草、随意解,是草书之所以以"草"名之的原义;性,作性质、性情解,指书家最自然真实的个性、本色,是放松状态下人性的自然表露。最见草性即全无机心与矫饰，纯依天性，似拉杂而书，如水之漫流，如与熟人不设防的闲聊。

人无癖不可交，书失性不足珍。真识书者知之。

幻想之源

人们喜欢看彩色的画，因为彩色较素描更易制造出生动的效果，致人幻想。书法的墨色与素描相类似，但毛笔独有的"惟笔软则奇怪生焉"的特点，能令书法点线的变化神出鬼没，不可端倪，无疑也是造就生动、致人幻想的源头之一。

速度

我们常依照古人的墨迹去揣测、想象他们挥毫时的情景，现代的大师大家，则可从他们留下的音像资料中找到答案。据视频，现代大家们的用笔速度快慢不等，以不快者居多，但他们有一个共同特点：轻松自如，似乎毫不费力。

古人的书写速度究竟是什么样的呢？我以为当快于视频中的大多数现代名家，与其中快者相当，有以下几个理由：一是文献记载。即使刨去一定的夸张成分，速度也自不慢。二是实物分析。现代名家大家，凡书写速度较慢的，没有一个笔下能有古代大师们那种潇洒不群的气度风神。以较慢速度书写，实为速度较快的"画字"，必无法写出包括汉简在内诸如张旭、怀素、米芾、赵孟頫、董其昌等一流大师的风采。三是心理因素。古人书写大多属日常行为，有速度和量的要求，如果是文人雅集遣兴，也当不计工拙，行、草书的书写速度或会更快于平日。现代人每动笔即作千秋想，又有市场意识夹杂其间，面对镜头，放慢速度，确保无虞，自然是最不坏的选择。

忽然明白

看到一个谈书法的视频。问：狂草的狂体现在哪些方面？答：首先是字形要狂。其次，草书是由汉简、隶书来的，隶书由篆书来的，写草书要有篆、隶作底，这样线条才能压得住。

当今书坛，写狂草的人很多，打动人的作品却极少。龙飞凤舞，满纸狼藉，激情满怀，然与高尚的情操、渊深的文化素养毫无关系。看了视频，我忽然明白，原来某些"擅写"狂草的主流精英，在他们的心里，从来就没有把狂草的点线看作是书写者人格、思想的凝结和象征，他们只对预先设计和技术感兴趣。

书为心画，字如其人。要解决书法低俗浅薄的问题，根子在于人的问题，在于人的境界与对艺术认识的问题。不由灵台，必乏灵气。苍白的灵台，必乏真气与清气。狂的资本是人的思想和心力，而非可操作性极强的字的造型与篆隶工夫。

艺术可以无所谓进步，但每天早晨的空气须依旧清新！

追求无意识

学习书画，为什么要熟看、临仿、研究大量的优秀作品？并不是为了仿得像，而是为了"操千曲而后晓声，观千剑而后识器"。通过与高级美的反复接触，把对美"有意识"的感觉和追求转化成"无意识"，也就是要把特定的、艺术的、高级的美的思维和行为方式，变成作者自带的、自然的、日常的行为。说得再简单一点，就是做到"艺术与人合二为一"。说艺术能提升人的格调，即此。19世纪德国唯心主义运动"三巨人"之一的谢林说："如果无意识的科学在起作用，艺术便以它所具有的最为清晰的知解力使作品获得一种莫测高深的现实，于是这一作品看起来便类似自然作品了。"

状态

早上起来准备临帖，拉过一张临有汉隶《朝侯小子残碑》的废纸，突然发现放大后的此碑甚是闳放，一改原先留给我的印象。

《朝侯小子残碑》是东汉晚期物，碑面上尚留有明晰的界格。拓本高66厘米，宽68厘米，计15行（包括一空行），行15字，扣除字与字之间的留空，每个字的大小约在3.5厘米至4厘米之间。一般论家认为，此碑谨严而不失华美，但气势不大。我临此碑时，无意间把每个字放大至20厘米宽，16厘米高大小，残碑内在的气势便像通过变焦镜头一样被拉近放大。

突破常规是成就好艺术的诀窍之一。比如在小小的扇面上用狂草写柳永词《雨霖铃》。

草书扇面　柳永《雨霖铃》

汉隶中多有与《朝侯小子残碑》一样典雅优美的碑刻，如《礼器》《曹全》《张景》《乙瑛》，人皆以为它们与气派闳放无缘。如今看来，那是由于魄力内含，未被后人认识采发之故。它们在宁静秀雅中蓄积的劲放无羁所产生的震撼力、冲击力，丝毫不输于拙朴雄强的《张迁》《杨淮表》《鲜于璜》，甚或过之。这恰好验证了苏东坡的话："始知真放本精微。"以精微为基的真放，犹如绚烂之极的平淡。

汉隶和北碑，一碑一个风格，研究者无法指出它们风格的来源。不像后世书家，殚精竭虑数十年打造出的自我风格，可以轻易地被人一一还原。

为何如此？只能说那时的他们生存状态就大抵如此。

亲切、真实、平淡、崇高的美，离我们已经如此遥远！

"察"与"拟"

孙过庭《书谱》云："察之者尚精，拟之者贵似。""察之尚精"的实现，除努力做到观察仔细外，懂得观察与善于理解十分重要。不懂得观察就抓不住要点，于细节视而不见，遂不能生动精微。不善于理解就不识其中之妙，纵使抓住了要点与关键细节，仍不能站在艺术审美的高度去对待，"瞎子点灯白费蜡"。"拟之者贵似"有"如何拟"与"拟到什么程度恰恰正好"的问题。曾见示范临帖的视频，多通过"死抠"式的"描"来达到"似"的目的，如此纵使"似"了，"似"的也只是橱窗里的模特儿而已。

偶合

郭沫若的行书似从杜牧、陆游出,当然也有可能是三个人在风格上有所偶合。三个人分处唐、宋、现代,均为大诗人,此为巧之一;书风若再偶合,真是巧上加巧。

新生

以前作书一直遵循"于不平正中求平正"的古训,并视此为书法创作的无上妙谛。现在觉得:"生动归于平静"方是书艺的核心。生动者,生命之运动也;平静者,人生之境界也,心灵不受外界干扰,合于自然之道,以"大静"之相呈现。于人、于艺,是"质"的新生。

"进步"

大画家黄永玉"艺术不存在进步"一语,获得许多业内人士叫好。我认为黄老的观点只适合于"同一个历史时期",即同一个时代的同一个阶段,不适用于整个艺术史。

首先须要弄清楚什么叫"进步"?凡在原有基础上有所提高、改进、发展、丰富或简约的,都可以认为是进步,如果是填补了某项空白,那就更是大的进步。科学如此,艺术亦如此。如是故,若把无数个"时代"连缀起来观察，艺术进步的轨迹还是很清楚的。

讨论艺术的进步与倒退、优劣与高下，还应讨论风格的演变、境界的升降，以及教学、技巧、材料、应用、观念、审美、数量、研究等。

停一停

书画家不应该把自己天天关在工作室里写画不停。停一停，静一静，看一看，比一比，想一想，也许比写画不停收益更大。

不间断的训练与创作，优点固然能得以巩固，工力也许会增强，但若是有缺点不去发现，缺点也会同步增长。写画中间的"休止"，好比一个沉淀池，可以帮助艺术家们有时间自省，及时发现、汰除、改正不足。

宁"生"毋"熟"

"印宗秦汉"的思想肇始于元代，明代文人印尚处于探索阶段，清末始出现高峰。明代文人印，总体还是以表达自己的文学、美学趣味为主，具体表现在对印文内容与字法、刀法、布局等风格形式相互统一的追求上。文彭为其父文徵明刻的《停云》，何震刻的《听鹂深处》，汪关刻的《剪破湘山几片云》，都可以作为其中的典范。晚清吴昌硕刻过一方明人趣味很浓的印《修竹半窗》，印面如画，有竹影婆娑之美，后来他师法汉印，以古为新，摆脱了明人习气，印文篆法又掺以石鼓，形成了自己独特鲜活的篆刻样式。当今篆刻形式多样，技法成熟者众多，然鲜见富有画意诗情和独特个性的印作，也少吴昌硕、齐白石这样使刀如笔的胆魄与豪情。反观明代印人的探索，虽稚嫩生涩却清新单纯，源于灵台，别有韵味。此种"生"，之所以耐人寻味，是因为它们拥有渴望新鲜、新美的向往以及对艺术的虔诚。故宁要明人之"生"，不要当今人之"熟"。

酒后

原以为酒后之所以能出佳作，在于血脉偾张，情绪高涨，胆大生奇。近日体悟到酒后之作佳，在于忘怀功利，无意楷则，随机生法。

杂乱处

杜甫《戏题王宰画山水图歌》有句云："十日画一水，五日画一石。能事不受相促迫，王宰始肯留真迹。"即使是一水一石，也可见古人之慎重。曾尝试临摹前辈大家所画之水，每至跳荡杂乱处，便不知所措，不知所以然。后宿庐山，一日为涧声所吸引，见水石相激，泠然远逝，恰如大家之画本。写生数纸，始明乎究竟。所谓杂乱处，正其极工处，天机流露，神理在也。

不肯低头在草莽

风过荷塘倩影动,蜻蜓自识几分真。

国画 风过荷塘倩影动

画荷

画荷之笔要净，笔头先着之水要清，墨与色宜陈。色陈性温，易收醇厚之效；至淡至清，易得至艳至洁之美。

不宜

书画宜多练不宜多作（创作）。多作手滑浅顺，习久成性，新、生之气不能入；又不能少作，少作必手乖，心、手不应，新、生之意无由达。

格调气息

在书法中，格调气息比生动重要，生动又比技巧重要。若是大家，则三者缺一不可。技巧与生动，人力可为；格调与气息，非力求所能到。纵观书史，一流人物，均以其人之综合品质胜出，其中又以我国传统人文素养以及为人之格调最为重要，为后人所津津乐道。若汉之张芝、晋之"二王"、唐之"旭颜"、宋之"苏黄"、明清之傅山八大，再观他们之学书起步，并非一上手就师从一流大师，如王羲之之师卫夫人、黄庭坚之师周越，更多的则起步于家学。右军与山谷，于日后曾"深自悔恨"，然此不足怪。卫、周在当时亦为一流名家，初师不甚高，或许更利于日后"自我"之塑造，入门后之际遇、刻苦与颖悟更为重要。书法之可传者，唯技法而已，余皆不可传。当今热门之"拜码头""投师门"，以此为捷径者，终究是自欺与欺人而已，稍假时日，吾言必当应验。

寻找永恒

构成艺术的材料并不是唯一的，无可取代的，只有精神才是永恒的。艺术的目的是寻找永恒。

二十年后

元代大画家吴仲圭（吴镇），号梅花道人，一生不仕，隐居乡里。晚明董其昌《画旨》中有一段文字记载了吴的遭遇：吴镇与画家盛子昭比门而居时，四方之人多持金帛登盛门求画，而独吴门萧然。妻子和儿子都笑他，吴镇却镇定地说："二十年以后，就不会是这样的了。"后来果然。董其昌在分析这一现象背后的道理时说："盛虽工，实有笔墨畦径，非若仲圭之苍苍莽莽，有林下风气，所谓气韵非耶！"通常越是媚俗的作品，越易为人所接受，"媚"之功也。对于气韵高级的艺术，人们需要有一个认识、消化、辨别、理解的过程，当今是"快餐"的时代，认识、接受高级艺术的人会越来越少，并且有一个事实是：在赞美高级艺术的人群中，绝大部分人也只是随大流、人云亦云而已，而非发自内心的读懂、认可。

一针见血

前辈论艺多能一针见血。金鉴才先生回忆其师朱家济论艺说:"什么叫写意?写意不是粗笔画,是写自己的意思。"这个解释不能说完全准确,然能直指根本。在说到书卷气之于书法的重要性时说:"书法除了书卷气还有什么?"也是击中要害之问。

饶宗颐先生曾反问他人说:"艺术家不靠作品说话那靠什么?"

功力之外

说到书画家的功力,一般是指笔墨熟练、造型准确的程度,也有暗指书画家从业年限长短。早在16世纪初,油画在西方还只是一门复杂而又讲究颇多的技术,是能力而非知识,是程序而非方法,是技术而非艺术。后变革者蜂起,故有如今之局面。宋代画院所招画师中多有杂流,便令读《说文》《尔雅》《方言》《释名》等篇,要求画师各习一径,兼箸音训,以免堕以尘俗。宣和画院每旬需送一定数量之画供学人评鉴,皇帝亦不时亲自查看,遇有未脱卑俗者,即加墁恶,别令命思。

书画之盛,莫过于最近30年,然正是这最近30年,书画家亦渐变为工匠矣。作品花样虽多,其质实一。有误以技术即艺术者,有故意欺人误人者,故书画之衰,亦莫过于最近30年。衰落之因:一在艺考，读书不成者多去艺考。二在展赛之误导，虽未明说，然有规则"前景"诱人就范。若不把文化与思想放在与功力相当甚至更重要的位置，则共识达不成，群众基础形不成，艺术高峰的出现就会遥遥无期。

旧纸

在乱书堆中翻到一张旧纸，上面有几行歪歪斜斜的铅笔字，记录了我一时的感悟，无法确定书写的年月。照录如下：

吴昌硕的印来自《石鼓文》与汉印（封泥）；马士达老师的印来自汉碑（汉隶），这是马老师可以明确自傲处——不与人同。以上是我看了马老师临汉之作后的体会。

我之楷、草与印则来自于唐诗宋词，我的隶、篆来自于汉简。

艺术是景物在水中的倒影。

猜度

为何某些"提名"类文化活动少见一流艺术家之身影？且让吾以小人之心度之：提名者鉴赏、认识水平有限；提名者出于偏狭之私心，武大郎开店——比他高的都不要；我之地盘，旁人休得染指；拉帮结派，党同伐异。有高手被提名然不愿参与，深究其因，恐亦与上述因素有关。

"三扰"

当今艺术教育面临着三个挥之难去的困扰：

平庸之扰。凡人都有惰性，通常都喜欢选择自己原本就喜欢、熟悉的事物。比如去听演唱会，在听到耳熟能详或者自己会唱的歌曲时，会"我心飞扬起来"，而不会生出厌倦之心。如果需要选择，他们会毫不犹豫地选择难度低的、见效快的学习。若要另起炉灶，或是改弦易辙，则大半会不情愿，因为如此一来所花的时间、财力和精力将数倍于前。他们明白若要上坡脚步必然要稳健，所花的气力也大的道理，但事到临头则又想投机取巧。平庸的事物总会拥有绝对多的市场，相互陶醉所营造出的气氛足可使所有参与者都忘记除此之外还有一个精彩的世界在前方等待。他们和流行性感冒具有同样的特性，一旦过去，不再被记起。

功利之扰。中小学生学艺术是为了升学时可以加分；年轻人学艺术是为了就业挣钱；已经有了很不错职位的人学艺术，为的是往自己脸上再贴一层金。有几个是发自真心地去爱的呢？有几个是为了追求美呢？有几个是为了修养自身呢？有几个能把艺术与社会、生活联结起来呢？曾有这样一位朋友，年已半百，在机关里有一个很好的职位，可他偏偏不满足，还想在书法上有一手，希望用不到两年的时间就能挥洒自如。见其下笔匆促烦乱，我以练字即练心相警，后来，他或许是感到自由挥洒离他太过遥远，便质疑我的"教法"。其实，他的进步是很明显的，但有一样东西遮蔽了他的眼睛，使他既看不清别人，也看不清自己。若把艺术比作是一面映照万物的镜子，那么功利之念便如蒙在镜面上的绒布。艺术是排斥功利的，功利之心越炽，离艺术越远。功利也可能会在人获得成功之后紧跟而上，但这是由别人决定的，两者次序不能互换。

江湖之扰。人们习惯于以貌取人，以名誉地位取人，而忽视内质，所以江湖艺术从来不缺受众。江湖艺人最会迎合世人，他们会按世人所想象的"大艺术家"模样打扮自己，他们的作品充满了娱乐与猎奇。他们善于把谎话当真话来讲，就像高尚之士说高尚话一样自然或者激昂慷慨。不要指望江湖艺人会自责与内疚，"骗人"是他们的职业，谁见过有人为自己的职业而向世人道歉的？也千万不要诅咒他们的存在，该反省的是为他们的生存提供了肥沃土壤的人们自己。法国著名思想家蒙田说"好的教育能改变我们的观点与习俗"，反之也能成立。我曾接触过好几位受过江湖艺术熏陶的青年，他们的作品与作派，都可以拿来作为例证。

铜镜

"朋友圈"里的评论就像一枚年代久远的铜镜，锈迹斑斑、物象模糊，然多多少少仍能映出批评者与被批评者的真实面容。对熟人不问青红皂白一律褒奖有加者，于生人之前亦必多伪饰，易生欺人之念。

即使不便"实说"，至少还可以"不说"。

对待批评

有人喜欢倾听批评,像在阳光下翻晒衣被;有人畏惧批评,像尿床的孩子企图用自己的体温将被褥焐干。自私与虚荣并非某些人害怕批评之主因,色厉内荏、狭隘、愚蠢才是。

像反复使用之水

忽视基础研究与创新,只在应用方面全心投入,此种模式发展起来的科技,就像一只脖子上拴了绳子之羊,闯进菜园饱餐,然随时有被"请"出去的危险。世上本无捷径,亦无"弯道超车",艺术创作尤其如此。如今文艺创作亦多偏重"应用",投市场之好,投偏嗜政绩者之好,漠视原创以及思想与情感,虽然在某个时期能获得掌声,然终究会像被反复使用之水,无法饮用,甚至不可灌园。

四类学艺者

艺术教育是人生教育中非常重要的部分,非小技巧、小知识所能承载。按学艺之目的,可将学艺者分为四类:

第一类人满足于了解或积累谈资,知晓皮毛即可。第二类人出于爱好或工作之需,或因招生赚钱之需,以学习技法为目的。第三类人有深入研究的兴趣，技法之外，复有探求艺术发展规律之欲望。第四类人发下大愿，欲求人艺合一，完美人生，艺术是他打开人生众妙之门的钥匙。第一类学艺者与艺术无关，第二类学艺者多终生徘徊于艺术大门之外，第三、第四类学艺者之一部分，有可能成为真正艺术家。

艺术家内心，艺术即生活，倘遇生活矛盾，也以处理艺术之方式对待。艺术传导美、真、爱，故艺术家首应是求真、爱人、行美之人。第三、第四类学艺者愈众，社会愈文明、阳光、美好；反之，则愈功利、浅薄与冷漠。

追求

屡听人讲：也曾被激发过、点燃过，对美好事物向往的火焰至今未熄。我相信其言之真，然观其行，似已偏离追求美好的轨道，如表皮光洁内肉已烂的水果。求美之举，其意义和价值不在作品，在于人。

几个问号

参观秦砖汉瓦博物馆，目击而道存。这些秦砖汉瓦的具体制作者为民间工匠，那么这些图案与文字的设计者又是谁呢？为什么能那样的单纯、随机、自如、大胆、新意迭出？难道是越单纯便越大胆吗？有关学者可以把它们进行归类，加以阐释，编成高头讲章，但是又有谁能真正做到与他们的饥寒温热、心灵相接通？

这是一方十五年前刻的印,仿佛是我生命的隐喻。

篆刻　草民平生

板书

许多事都有作假,唯教师之当堂板书不能,故教师练字必须真练。古人云"书如其人",今人云"书法是人的第二张面孔"。教师之板书乃无声之德育、无处不在之美育,故教师之字不能只求工整和规范,还应当有丰富变化与美感。学生在成长过程中学成规范固然重要,然审美、愉悦、想象和创造则是他们生活的全部色彩,且关乎人类之未来。

需要

翻来覆去听邓紫棋唱《存在》,内心一次又一次被戳痛。稍感惊讶的是旁边那些青春靓丽的娱乐圈明星们也一脸严肃。哦——现世即使有太多的不堪,也要相信良知还没全部泯灭。只是良知也需要找到生根发芽的土壤和长大成材的机会。

出路

黄梅时节,去巴城欣赏《菖蒲文房展》。迈进展馆照见艺文空间,顿觉暑热尽退,矜燥皆平。书画之文气、菖蒲湖石之野气、家具文房上绰约之人气,结合完美。我走进了"昆剧",且已是其中的一人或一物。

艺术来自生活,艺术的最好出路无疑是以最日常的方式回归生活。

不肯低头
在草莽

相济

晚上在尚友看秦腔表演,演员须眉飞动,表情曲折低昂,吼声震殿宇。皮影戏《卖杂货》尤生动可谑,人物的心理活动如活物般被捧到了观众眼前。另有《断桥》一出,兼有昆、越诸剧之婉转与悠长,始悟"秦腔"之妙,非一个"吼"字所能了得。物有阴阳,术有刚柔,人的天资中有性灵也有粗犷,两两相济,方能尽自然物理之妙有。

打磨

忽然想起上教育公开课前"磨课"的事来。有磨课时间长达数月之久的,一个班一个班地试上,听取众人意见,力争无有瑕疵,最后由执教者背下全部教案,如同打造"样板戏"。不少业内人士指出:此等公开课,无推广价值,因为与教学实际脱节严重。

艺术作品也有打磨之说。如何打磨值得深思、慎思,必得保留作品之个性与特色,必得保持真诚、真实、锐气与天趣浑成,若牺牲以上数点或其中数点而去追求无瑕与工巧,必损作品元气、神气与生气,乃买椟还珠之举。

经过众人打磨过的不一定胜过原初。曾有一年轻设计师要我就三个徽标发表意见,他最后告诉我:"你认为最好的风格鲜明生动的那个,是我独力完成的;其次的,是我听了老总的意见后修改而成的;

最差的那个，是综合了众人意见后做的。"综合了众人想法后的那件作品，显示出无所适从的样子。

捷径

花大力气去做很基础的工作，看似是一个蠢笨的选择，实质是一条研究学问、学习艺术的捷径——似远实近。就像种豆，先除草、翻地、开垄、计算出所需种子的数量，然后播下、浇灌……而不是开一点种一点，再开一点再种一点。

和而不同

有一视频，十多名不同年龄不同种族的歌手演唱同一首歌。没有主唱，人人平等，每个人都在尽情地发出自己之声音，歌唱人类之大爱，相信鲜花会在明天盛开。众多声音形成之和声，无疑是世上最动人之音乐，我不禁眼泪盈眶。

大美之秘——"和而不同"。

阅历

我不反对学艺者去接触一些不好的、低俗的"艺术品"，因为这是他们成熟过程中必不可少的一环。"观千剑而后识器"，"千剑"中必然包含有很多不好的或伪装成好的。让他们去试，去接触，去吃亏，去反思，去擦干眼泪，去跌倒了再爬起来。古人所谓"三折乃良医"，"阅"和"历"就是这样来的。

认识内力

要讲清"内力"，须先讲清"内功"。内功又叫气功、吐纳功。原理是通过呼吸吐纳的方式从万物星辰中吸取清气，滋养及混合体内的先、后天之气，通过无数次吐故纳新，使体内真气渐至充实。"真气"即"清气"。艺术学习也类似于这样一个过程：吸收人类文化、自然之精华，替代、吐弃庸俗、肤浅的偏见。这一过程类于用蒸馏法提炼花卉精油。

内力是由内而外所发出的劲力，有充实、丰富（妙含一波三折）、自然、自由、肯定、含蓄等特点。俗话所说的"气场"，就是"内力"自然外露的结果。内力足，则处变不惊，无意于佳自佳，不求工而工。

超"妙"即"神"

我常想：创作的时候，能不能把心理调整到一个超越现实世界的状态？无拘无束，如鹰翔于空。"目送归鸿，手挥五弦。俯仰自得，游心太玄。"（嵇康句）"情往似赠，兴来如答。"（刘勰《文心雕龙》）作品的超越，必然以创作心理的超越为前提。超越现实，进入"神游"，如兽入山林，鱼跃大海，便有无数种可能。

不肯低头在草莽

继承

谭维维唱《华阴老腔》，高亢中实。在她演唱过程中，有一老艺人毫不费力地插进来"吼"了两嗓子，如老酵馒头，劲实香酽。相比而言，谭维维的"努力"，有点像花式点心，或如目下流行的那些仿古建筑，表皮相似，内囊已非。"继承"二字不能为"技巧"二字所囿，除艺术思想外，生活的观念、方式，甚至场景，都在继承之列。又，发展是最好的继承。

"原唱"

无意间看到崔健首场视频号线上演唱会，觉与自己理解中的摇滚很有些距离：思想的"当下性"、音乐的突破性、声音的张力和野性均显不够。

又在朋友圈看到崔健1992年北展演唱会视频，觉当年参与演出者，内心无不拥有豪迈激情，真率、直接、强大、青春、勇敢、骚动、一往无前，那是毫无伪装由内而外喷发出来的音乐。这才是摇滚！有人评论那场视频号演唱会说："如今是坚持、表演、怀念。30年前是原始力。"

艺术是艺术家情不自禁的表达，一涉"表演"，便落入第二乘、第三乘，所以常常是原初的即是最好的。

西蒙和加芬克尔的经典名曲《斯卡布罗集市》，翻唱的人很多：国内有董文华，序曲音乐太长，演唱少内涵；李玉刚，装腔作造，不忍卒听；金伶，有气氛然经不起细品，情感未能深入其里。外国歌手莎拉·布莱蔓也唱过，过度抒情，难免狭隘，致失真味。上述几位，技有高下，因意在表演，故有此"艺术效果"，也不算意外。

西蒙和加芬克尔年轻时的演唱仿佛心不在焉，眼神似在游移，轻松调皮中杂有几丝惆怅，分明是一往情深，然又故作潇洒，正是那个年龄段对待情感的普遍特点。真好！53年后他俩再唱此曲，变为娓娓诉说，留恋、无奈、哀而不伤，善听者知道，此刻的他俩，心里装着的不仅仅是一个曾经的"爱人"，这个"爱人"已转身为"人生"。他们唱出了对人生的热爱、依恋与觉悟，唱出了人们共同的情感。词曲没变，但演唱者已非少年而是皓首老者。演唱的风格、内涵、情味已变，真诚、真实的本色没变。他俩坦然无碍歌唱着自己此时此刻的声和情。

变则通，变则新，故这53年后的重唱，实为一新的"原唱"。

艺术是艺术家自己的心声。

技巧

技巧只是为艺的基础之一。锤炼技巧的目的不是为了展示技巧，不是为了粉饰、遮掩虚伪与邪恶，而是为了精准、充分、艺术地表达思想与情感。

大山屹立了千万年，压制不住地火的突奔，区区技巧又怎能蒙得住千万双明亮的眼睛。

创法

艺术家应该少用现成之法，切忌套用他人之法，少用自己惯用之法。宜因事、因物、因情、因境而活用技法，与当下之事、物、情、境相结合，创生新法，创出"我法"。

悲哀

一些当年曾苦苦研习而声名鹊起的艺术家，如今在或大或小的社会舞台上站稳了脚跟，频频出镜，有的甚至呼风唤雨。人们谈论艺事、人物时，能不假思索地说出他们的名字，可惜并非他们的作品。这种现象，无论于时代还是于艺术家个人，都是一种悲哀。

知足常乐

有人善作草，有人善楷、隶，亦有人善行或篆。有人长于豪放，有人擅于优美，有人喜欢清逸，有人嗜于拙朴。此皆本于各人性情，性情不可拗，性情不可假，性情也不可勉强，我辈不必求全，或能长其一，或能兼其一二即可。知足常乐。

蜡梅之香,闭于室若无,有风揄扬则清而远。

国画 蜡梅图

寄寓

什么是艺术作品的思想？简言之就是作者寄寓于作品中的情感。人类所有的精神活动几乎都可以用情感和思想这两个词来概括。思想的深度与力度与作品的形式无关，与市场上的热闹程度无关。作品的思想和情感不能以用语言来阐释的方式从外面强加。凡是新鲜、善良、真诚、淳朴、宽博、深厚、勇敢的情感都是有力度的；凡是从众的、模仿的、逢迎的、被动与虚假的，都是无足轻重的。

直达本心

我认为美好的艺术必然始于艺者的直觉与灵感，然后加上纯熟的技巧。创作过程中又会有无数个小的直觉驱使着艺者打破常规，直达本心。伟大的创作都没有现成的既定的技法可言，佛家说的"无常"，石涛说的"一画"，都同此理。

安德烈·瑞欧2018音乐会

这个世界需要爱，更需要热爱爱的人。
这个世界需要崇高，更需要赞美崇高的人。
把自己的心调整到自然的状态吧，勇敢而又平静，人人都去践行。

当美好的音乐进入美好的心灵，世界因此而明亮，人生因此而温暖。

天真

据传国学大师季羡林一日见一孩童之书，叹曰："想不到国内竟有书法如此之好者。"三尺稚童与积学大儒之书，之所以常为深通文化者所赏。无他，乃书者及鉴赏者均天真无邪，惟有至诚至纯故耳。

打通

请把日常生活体验和观察到的现象与艺术现象联系起来，并努力打通之，这样，一些看似玄虚的艺术问题就会迎刃而解。比如一个艺术家的巅峰作品，一般不出现在他技术上炉火纯青的时候，其中道理好比水果，熟透与腐烂几乎是同时发生的。

五病

卖弄技巧以炫人，多作奇字以傲人，描头画角以媚人，放纵无度以吓人，专务遒劲以骗人。此五者，皆书之病，然不知书者，反以此为美以此为宝。

表达

不要轻易地说某种艺术感觉（包括审美感觉）是无法表达的，那是还没有达到透彻的理解和充分的感受的缘故。若是达到了，自会找到或生出一种适合的方式来表达。

"大师"与"傍流"

在我的理解中，名家是指那些技法成熟、广有影响、作品中规入矩的人。后来又把那些爱好有年、学得不咋样和还算有点样、位高权重、出镜频频的人也归入名家之列。

大家首先得是个名家。技法过硬，内蕴丰厚，时出新意，有个性有高度。前面说到的后一类名家，无论怎么折腾，都不可能进入大家之列。

大师首先得是个大家。个人风格鲜明独特，有创见有高度，艺术思想和技法都能自成体系，开宗立派，令后人沾溉无穷。

有人提出衡量一个书画家是否已达到了大家或大师的高度，生前追随者的多少当作为一个重要的考量标准，这是把艺术当成了广场舞，纯属扯淡。岂不闻阳春白雪和者寡，下里巴人应者众？又有人纯以作品风格说事，置格调不谈，那岂不是对"美"极大的讽刺？

明代万历年间的项穆在《书法雅言》中专列"品格"一节，把书家分为五类：正宗、大家、名家、正源、傍流。其论"正宗"曰："会古通今，不激不厉,规矩谙练,骨态清和,众体兼能,天然逸出,巍然端雅,奕矣奇鲜。此谓大成已集,妙入时中,继往开来,永垂模轨,一之正宗也。"文中所言之"正宗",大约即宗师、大师,项穆尤其强调大师的作品应有精神崇高新妙、风格清和端雅、继往开来的特质。其论"傍流"则曰:"纵放悍怒,贾巧露锋,标置狂颠,恣来肆往,引伦蛇挂,顿拟蟆蹲,或枯瘦而巉岩,或秾肥而泛滥。譬之异卉奇珍,惊时骇俗,山雉片翰如凤,海鲸一鬣似龙也,斯谓傍流。"傍流,大约类似于现在的"江湖体",种种丑态,如今正大得众好,在媒体上热闹不说,近年还进入了某地之中考试卷。诚可叹也!

制作

有这样一类作品,手法和技术都无可挑剔,形式结构及细节亦甚精致,然不能令欣赏者融入、共鸣与感动。此种现象在古代书画大家的作品中尤为常见。为何?这类书画家大多以书画谋生,所谓创作,实为凭熟练之技术制作耳,亦是"流水线"作业之一种,并不需要真情实感的投入。

风格源于性情

风格源自人之性情,欲塑造风格,莫如先培养性情。性情又惟真挚时方见,性情见,风格自至。

杂技向"艺"

在河南濮阳参加一书画活动，正逢第四届中国杂技节在此举行，承东道主盛情，得以观赏到优秀的杂技表演，有如下几点体会：

1.杂技在民间又叫耍把戏、杂耍、百戏、杂戏等，如今杂技即杂耍的印象已被完全颠覆，技巧与艺术是杂技之双翼。

2.杂技本身所具备的观赏性、小型性、灵活性、娱乐性、神秘性有利于它的变革和发展，如今已大步走在与古今中外多种文化艺术相交融的大道上。

3.民族的即世界的，地域的即全国的。黑龙江杂技团以"冰"贯穿整场演出，多角度地展示该省独特的历史、地理、人文、民俗特色，融入了戏剧、音乐、舞蹈、美术、体育、神话、社会政治等元素，容量巨大，再辅以现代电子光影技术，很好地制造了气氛，增强了旋律感，充分展现了当代杂技之美，歌颂了人性之美。

4.演员选择的多元化，非惟技巧为标准。小演员们如一群快乐的精灵在冰面上飞舞，脸上绽放着天真的笑容。他们在把美奉献给别人的同时，自己也在表演中享受到了美。不少观众因此被感动得热泪盈眶。

圣洁

2020维也纳新年音乐会，可用"圣洁"二字来概括。"圣"乃神圣之意，以仰望之心对待艺术；"洁"，晶莹透彻无杂质，艺术行为目的单纯。以神圣之心致敬艺术，以无邪之心创造艺术、欣赏艺术，人格会随艺术女神之引领而上升。

如此

我近年所作，多赖直觉，常常于梦中、散步时、读书或与人谈话时，蓦然有一画面栩栩如生于眼前，且细节局部乃至全局俱备，促我下笔追记。书如此，画与印亦如此。

成材

青年欲成材，良师诤友缺一不可。良师若舵，诤友若桨。世人喜以耳代眼，以眼代心。遇良师诤友易而识之者难，识之而欲得之者稀，又得之而知敬之、珍之、惜之者无几。

深入生活

"入"，是进入其中，感觉其里，非泛泛于表面之走马观花。"深"，是对"入"的程度的强调，有分析研究之意。"深入生活"，既要融入且成为生活中之一个，又要保持客观独立，坚持冷静地观察与思考。

写得夏荷三两叶,擎吾心事一万重。

国画 夏荷

痛快沉着

"痛快沉着"四字最堪玩味。痛快之"痛",深入心肺也,非芒刺指尖。痛而后"快"者,强抑久郁后之昂然而笑而啸也,非卖春女之浪笑尖叫。痛巨创深,千般煎熬;低回婉转,百感交集。"痛快"后之"沉着",乃跳出个体之后之冷静、无畏、镇定与从容,仿佛狱中之苏格拉底。

自责

今人的书法不如古人处,不是工力,不是用笔,也不是结体,而是已经没有如此专注、纯粹、宁静的境界。今人书法要负载的欲望太多,表面上是输在时代的局限上,实质是输在自己的心灵上。心灵的高贵与卑贱,可以不为时代所左右,故无法推托,只能自责。

靠近

美学家喜言距离产生美。距离有时间、地理、事件、功用、真相之分,可单独或共同作用于审美者之心理。美亦产生于靠近、贴近乃至无限之接近。靠近利于了解、判断与沟通。以包容之心去发现美,则美随心生,原本因距离而被遮蔽或模糊之美会因之而彰,渐次清晰呈现。

文化

文化是很牢固的,沧海桑田、江山易代而不断;文化是很脆弱的,存一私念,淫及于它时便支离破碎。

逸

文艺之"逸",可分两种:一是人之生存方式或心理之逸,与"隐"相连,"逸"即"隐"。二是艺术风格之"逸",为超出常规之做法,与"俗"相对,乃"逸出"之"逸"。风格之逸又可细分,如李白雄逸,怀素狂逸,云林清逸,玄宰淡逸,八大荒逸,石涛野逸,弘一静逸,另外还有奇逸、劲逸、秀逸、俊逸、飘逸等等不同。

艺之逸不可力学,人逸艺自逸。力学妄求,适得其反。

修道

禅家修道有三:修空,不执着,本来无一物;修寂,于寂中悟、寂中进、寂中化;修平常心,马祖道一所谓无造作、是非、取舍、断常、凡圣,亦无成败、贵贱。修道即修心。无是非,非无对错,乃无执念;无取舍,非无得失,乃不挑不拣,坦然面对。修道不避尘俗,即于"淤泥"中亦可修得,如莲。

书法之核心

留心有关媒体，发现有多位书坛有识之士针对书法创作千人一面之现状，以讲学、访谈、亲身实践诸方式倡导突破时风包围，努力开创新局。细读其说，细品其作，发觉基本上都是围绕书作构图与字形结构动脑筋，真是"解人仍在庐山中"。恐怕不能实现改造的目的。

君子立身，务修其本。中国书法历来强调形式与内容的统一，两者中又以内容为要，王僧虔所谓"书之妙道，神采为上，形质次之"是也。构图（章法）与字形结构（字法）属形质，神采为精神层面，属内容之范畴。心灵乃内容之总括，书作乃心灵之迹化，形式受心灵激发而生成，非为形式而形式，乃自然流露而形成形式。《世说新语》说王羲之其人"飘如游云，矫若惊龙"；"轩轩如朝霞举"。其书之形质与其人之神采相一致。颜真卿的楷书形质有一个非常明显的演变过程，与他的人生经历、境界同步。只重形式变化，忽视内质的塑造与创新，是舍本逐末。

文字是书法"内容"的载体，但非内容之灵魂，故归入形式更为确当。书法内容包含三大方面：个人修养（人格、心灵）、民族文化精神、时代特点。媒体所展示的"有识之士"之做法好比以新瓶装旧酒，大有欺人之嫌，还不如以旧瓶装新酒为好。

为艺之道，与其使人爱，莫如使人敬。

自由

刻意地去模仿别人的自由,得到的仍是刻意,可怜自由已经在刻意的模仿中走丢。以自然的心态去书写严肃和秩序,严肃与秩序反会在书写中复活,并同时获得自由生动之美。

唤醒

发自内心的激情无需中介,直接反映到笔下的艺术才会是自然的、真切的、充实的,富有生命的张力和感染力。尽早发现并唤醒自己的内心和个性吧,使之像乔木一样生长并且强大。

相合

欲合于古不能得,不规规于古反得。何哉?古人创作多自由,不规规于古人者,易生自由之姿。千载而下,自由与自由自相合拍也。

吃茶去

艺术教学在初步解决基础问题后,应引导学生把注意力转向生活。已经接受的正统文化、技巧法则,若保持一成不变的状态,只会滑向僵硬与死板，直至没落。人之生活，日新又日新，乃创作之不竭源泉。文学、戏剧、美术不必说，即使如书法这般偏于抽象的艺术，亦惟有于生活中获取灵感，方有生命力与感染力。禅家云"吃茶去"，就是不立文字，到生活中求答案之意。

构思

有了创作欲望之后，接着便是艺术构思问题。平时积累越多，可供选择的样式也越多；平时实践越多，出新的可能也越大。艺术构思有三个原则：一是唯一性原则。因为最合适的构思只会有一个。二是回避性原则。应该回避那些已经用烂的手法和过分成熟的形式、套路，若要运用，也不能照搬，应有所刷新。三是内容与形式相结合原则。常见皮影戏演员，一人手中操纵数个角色，角色变，演员的动作、声腔、形体也会随之而变。艺术构思与此同理。

知好歹

学艺之初，不一定非得有宏大志向远大目标，目标与志向，可在以后的学习过程中培养调整。

首须"知好歹"：知艺术作品之好歹，知师之好歹。这是要中之要。知艺术品之好歹，懂审美辨美丑，据此又可辨师之优劣。此事颇为复杂，易生两难，又不得不然。

思想自由的人，生命才会富足。

篆刻　自由之思想

追问

临摹范作,强调形相、色彩与风格,然我们很少追问:风格构成要素有哪些?独特在何处?对后来者有何启示?为何会形成如此之风格?该持何等样取舍态度?若无思考与追问,则无深入与深刻。

聪明与智慧

某名家有一语常挂于嘴上:"做人要老实,写字不能老实。"我担心有人把"老实"二字换成"诚实"二字。"做人要诚实"可,"写字不能诚实"则不可。也担心有人把"写字不能老实"理解为"写字时耍聪明"。

马士达先生刻过一方印——《中国人太聪明》,批评及憎恶之意显见。近日陆续听闻有于海外上市之著名企业因主事者太聪明故导致股价大跌之事,"出来混,迟早要还的",此话不假。做艺术贵在诚实智慧,耍聪明者迟早会铩羽。

聪明不等于智慧。智慧是于尊重他人及规则之情况下作出富有远见的判断,具辨别与创造的实力,性情忠厚;聪明本乃智力发达、记忆理解力强之意,然在不知觉间,已渗有偷奸耍滑、投机取巧、见风使舵、自私苟安等含义。顾随先生批评朱敦儒词《朝中措》说:"自命聪明。其实他的聪明,是自笑生活舒服,此乃别人所唾弃的、不要的。智慧是好,聪明讨厌。"(《中国古典诗词感发》,顾随著、叶嘉莹笔记)

清代陈廷焯谈词,言张炎词好,精警无匹,亦超脱,然不及王沂孙处正在此。王沂孙沉郁浑化,无惊奇可喜之句让人叹赏,所以为高,所以为大。浑化,即浑然一体;沉郁,即有力深思。是即忠厚,是即智慧。

从头追问

王羲之的书法仍存有汉字未被"刻意艺术化"前的风味,中和纯粹,遒丽天成,如头道麦芽所酿之酒,如最初三年之桃实。后世书家缘此道殚精竭虑,人人欲回原点而不得,反致转行转远。艺术与哲学最多相通处。梁漱溟先生言哲学之学习:"古人早都解决,而后人只能从头追问。"考之书法,亦然。

宁静

因遭受挫败、失落而获得的宁静,并非悟得启示的好时机。水静影清。亦怨亦嗔何异不喜不悲?世事本如此,迷者自扰之。自心宁静,到处南山悠悠;劈柴担水,无非无上妙谛。

胆

无欲则胆。"可贵者胆,所要者魄",胆量的养成,有先天和后天两途。初学者的"大胆妄为"是值得珍惜和鼓励的,切勿以规矩和程式去扼制它，宜培养引导与鼓励。有所成就之后依旧大胆探索者，尤其值得尊敬，因为他可能面临的失败与前功尽弃，像乌云一样在他的头顶徘徊。

素面朝天

严格地说风格并不是必需的，它就像一枚标签，如果没有实际内容的支撑，没有做到表达完美就毫无价值。真正富有内容的作品是不屑于被归类并贴上标签的，就像一个真正的美女，厌恶类比，不怕素面朝天。

标准

衡量一个艺术大家的主要标准是创造力，即出新的能力与打造新型作品的能力，而非复制与仿效的能力。艺术上的小修小改与东拼西凑，是运用而非创造。伴随一个大家诞生的，必然是一种全新的艺术语言。

误解

长期以来，许多人一直有这样一个误解，认为用画笔复制自然（照片）即是创作。师法自然不是照抄自然，创作从来就是高于反映自然的一曲新歌。画家需要有一双锐眼，抓住精彩"一瞬"，发现"特别的那一个"，把自己的灵性和幻想融入进去。凡有灵性的画，都是独特的。

基础

我们正面临着太多的抄袭,或明或暗,抄袭古人,抄袭今人,抄袭自己。抄袭的盛行,很重要的一个原因是我们在学习之初,把从艺的基础简单地理解为由模仿而来的技巧,忽视了从生活中获取素材与原创力的训练,没有把观察事物、分析事理、捕捉灵感的能力也当作艺术创作的基础加以重视。

越多与越少

范本的技术越成熟越完善,可供学习吸取的法则与诀窍便越多,对后来者的束缚也越多,可供由借鉴、发展而来的创新的机会则越少。成熟的范本,适合于研究、总结和教学,不适合用来作为进入创作前的预热。越是生猛的、不完美的生命力越强,留给并启发后来者创造的空间、机会越多。

古典之美

把"古"与"典"两字拆开,"古"即古代,"典"即典范、经典。文化艺术的古典传统,是指传统文化中那些一流的作品,傅雷认为真正的古典精神是指富有朝气的、快乐的、天真的、活生生的、纯洁的,像行云流水一般自由自在，像清冽的空气一般新鲜。傅雷倡扬的是应和天地的纯真之美，是以人为本的仁爱之美，是自然、活泼、清新的人格之美。

品味的形成

有一句拉丁语说："口味的事无可争辩。"康德认为品味判断是"主观的"。个体文化品味的形成主要取决于作者自身，其次是社会政治文化环境，再其次是各类批评家（包括各类握有话语权的评委、文化官员），最后是读者（买家）。一个人鉴赏艺术的品味，几乎可以等同于他为人的品味。世人喜欢拿后三个因素作为自己"堕落"的借口，此三者实质上都是外因。

痴想

艺术是向人倾诉，也可以是自言自语；艺术是群体情感的宣泄，也可以是个人心志的寄寓；艺术有时候就是静候世人皈依的宗教。

处于创作中的艺术家会有一种饥饿感，也可能像是正被人追赶一样有紧迫感，还可能如处热恋中，或者像是和梦中的恶魔搏斗。当然，艺术家有时候也会像鸟儿一样用清亮的歌唱迎接黎明。

我曾痴想：要像幼儿渴望说话一样去创作，要像原始丛林中的猎人一样去画画，简单、稚拙、虔诚、热情、独特，只有对美好生活的渴望而无其他。那该是多么纯真的艺术啊！

不该拆零

我所理解的好作品是这样的：蓦然瞥见，便被深深吸引，迷恋于整体所营造的场景、氛围，全然不见其细微末节。

鉴赏从来就不是简单的拆零，就像面对一处美丽的风景，谁会把天空、原野、飞禽、走兽、山川、草木、建筑、人物等一一分开后作单独的欣赏？

所见

精致的利己主义的流行，是导致当今艺术创作格局趋小、无担当、浮浅、乏味的直接原因。

格局与体量无关，衡量的标准其实只有一个——作品的思想内涵。技法至上主义者摒弃思想，擅长通过"色相"，以最快捷的方式实现个人目的。

再说"内象"

内象即事物内在的真象、真相、真理，通常被表象所包裹、遮蔽。艺术家要有透视眼，要有披沙拣金的本领，艺术家的工作是通过一系列艺术手段，把内象呈现在世人面前，而不是去做翻模的工作。

外来者

有这样一个现象,艺术专业之外的"外来者"一旦进入艺术领域,反而会时出新意,多有创造。这是有原因的:

外来者在自觉与不自觉间,会用自己原有的非艺术专业知识去理解艺术、研创艺术,从而实现与艺术的融合,并且提供新的视角。"他山之石,可以攻玉。"

外来者会调动自己的知识、技能储备,寻找或创造出新的办法去弥补自己在技法等方面的不足。

外来者掌握了解的艺术规律越少,心理束缚也就越少,以表达为目的创作更能直指艺术创作的本质——精神自由。

外来者的创作多从直觉出发,而不是从专业知识和技巧出发,因此更利于形成独特风格。

专业保障

意大利文艺复兴时期,人们对雕刻家、画家应该受哪些科目训练是有共识的,计有10个:文法、透视、几何、历史、哲学、解剖、医学、设计原理、天文学、数学。艺术与想象有文化和科学作为双翅,这是何等华伟壮丽的一种气象啊!文化和科学才是文艺复兴的"专业保障"。

三多

古人言学者当取三多：看读多、持论多、著述多。其中以持论最难。今之学者也有三多：看读碎片多，持论人云亦云多，著述东拼西凑多。

眼下

眼下的艺术创作迫切需要有一些新的突破，否则有愧于时代。

创作者们不能再心安理得地在前辈大师的作品中寻找冷菜剩饭，也不必盲目地投入到时尚潮流的怀抱中去寻求依靠，除睁大眼睛，竖起耳朵，从日常生活中获取创作灵感外，也可以从古代神话、民间艺术、现代科幻中得到启发。写画自己的意志，自由地表达想象，即使一时不能被世人理解和接受，被人指责为荒诞无据，也要有信心静默以待。人是不可能作出无端的想象的，总有现实的影子投射其中，只要手法高超，就有可能成为杰作，历史上不乏这样的例子。

深入

英国作家王尔德、德国女版画家珂勒惠芝等都曾指出过模特儿不利于艺术家的一面，让人联想起"深入生活"一说。如果艺术家深入的是"指定"的"生活"，那么"生活"岂不是一个摆好了姿势的模特儿？

每一个艺术家都有自己的生活，观察世界的角度又各不相同，为什么不依照各自本来的面目去表现呢？为了拓阔视野，思索人生的真谛，艺术家应该走出去，访问的对象应该是原生态的自然与"生活"，而非自然与生活的"模特儿"。我因此认为：从艺术创作规律出发，与其提倡深入生活，倒不如提倡各自深入各自的自然、人生。

诗人冯新民说："照镜子时，你能看到镜子反面的影像，那才叫深入。"

感受

优美比伟大和崇高更容易俘获世人的芳心。对优美的感受可以毫不费力，而与伟大和崇高共鸣则需要格局和境界。

愈是

情性即天然，天然乃情性。愈是平淡、简洁、朴素的叙述，愈能表达真情真性；愈是浓妆艳抹、生造尖新，离准确与真实愈远。

色彩

传统不是一整盒五彩的颜料，它只是其中的一支或者两支，大部分色彩储藏在自然旷野之中，而自然，也当然包括人生。是独特的思想之手，主宰和调弄出了神奇的色彩。

"山尽路回人迹绝","溪边小立听溪声"。

楷书 如璧《山居杂咏四首》

摆脱

我们没有必要为了"不落伍"这顶帽子而去研究、学习走马灯一般轮番登场的"先进"艺术——流派、主义及手法。这些层出不穷花样翻新的时髦"玩意儿",只是种种形式而已。它们是物理性的形而下的技法、色彩与造型,而非作品思想内容的深入开掘与拓宽。马蒂斯在批评新印象派的分割主义时说:"如同小提琴或人声的颤音一样,最后除了触觉的兴奋外,将一无所有。"思想意识与情感不能被"现象的外壳"所拘役、局限,艺术创作也应如此。在创作的"那时那刻",依据自己的内心,在众多的"现象的外壳"中选取最适合、最方便充分表达的那一种,加以"创造性"的运用,不为众多新奇美丽的"外壳"所引诱迷惑。

镜子

艺术是物质生活的装点,可以用来填充空白。但它又好比一面"魔镜",借助它可以看清自己,看清他人,看清社会。

灵魂

就像在调色盘上调色一样,有人以为创新就是取唐代多少宋代多少,另加入元、明、清多少,这样综合成一张画,就是新的,就是自己的，就是创造。时间却会证明事实并非如此。

只有自己的情感和思想才是作品的灵魂，富有痛感的丰富的灵魂都是经受了现实生活的千磨万击后炼成的。灵魂是自己。灵魂在波澜壮阔、五味杂陈的现实生活中。存放在传统仓库里的灵魂再美好，"产权证"上登记的还是别人的名字。

传统好比墙壁，可以帮助蹒跚学步，但不可以陪着走遍天涯。

高于生活

写生不同于依样画葫芦，写生是感受和模拟的结合，是提炼自然的过程。是为创作而作的积累和准备。用"相机"代替写生，本来是一件十分荒唐的事，但如今却被许多画家所采用。创作又不是把写生稿（照片）放大，更不是纯粹地模拟与再现，创作是为了表达被自然所唤起的思想情感，故有"艺术源于生活，又高于生活"之说。常见一些成熟的画家，下笔陈旧，无感觉与激情，这是长期不写生，不从生活中汲取灵感的缘故。

噫气

面对书法史上一流的草书作品，即使知其变化之理，能摹取其态十之八九，然总是难以再现它们的奇宕决荡之势。乃悟古人于尺幅之内而现寻丈之势，于寻常之间而陡出奇肆之笔，盖因胸襟豁畅，中有大块噫气欲作风云吞吐、心绪激扬故也。

冲破

　　为艺术而艺术的"纯艺术",可以做得很精致,但那不过是一只精致的花瓶而已。为人生的艺术才可能是广阔的,就像奔流不息的长江冲入大海;才可能是感人的,艺术和生活的关系就像十指连心;才可能是让人留恋的,就像倦鸟归林。

　　专注于一门的艺术家,必须冲破专门这扇"门",进入到"大艺术"的领域;然后再冲破,进入到文化的领地;前行不辍,进入社会;一往无前,融入宇宙、自然、人生,合其节拍,同其沉浮。

　　人"大"艺术才会大;人"洁"艺术才会洁;人若狭隘,其艺术必局促,味同嚼蜡。石涛云:"呕血十斗,不如啮雪一团。"

学到

　　向自然学,可以学到精神、气度、格局、变化以及对生命力的追求;向前贤学,可以学到理念、知识、方法和腔调。学艺者大多喜欢在前贤处"讨生活,求出路",最后学到的大多类似在社交中学到的技巧。

起因

我的研究和创作，起因都是对现状的不满以及对人类的热爱，比如对创作、教育、研究、批评现状的不满。研究和创作深入至某个程度时，不满情绪消失，只有对真与美的热爱"诱使"自己继续下去，坚持到底。

背影

投入了大量身心、情感去做某一件事，做得越好，收获的喜悦也就越多。将来有一天收获的伤感也会越多。

生命像一根抛物线，也像一次登山，当你攀爬到顶峰的时候，也是下坡的开始。任你是谁，最终都要不得不与心爱的人和事业说声再见，留给世界和时间的只是自己的背影，极大多数人，像是根本没有来过。

关联

艺术要表达的是创作者对生活的切身感受，而非考古学家、历史学家式的对往事的追忆、述说、复制与还原。以此论之，我们现今艺术教育的理念和模式，创作研究的重点和方法，展赛评判的依据和标准，都有反思甚至重构的必要。

流行于世，为社会大众所认可的艺术、审美、创作理念，其所关联及将会影响到的不仅仅是艺术本身。一个习惯于欣赏、赞美"二手创作"的社会，不可能同时是一个向上有活力、有创新氛围、富有创造力的社会。

看江

凭栏迎风，看大江浩荡东去；仰观长天辽阔，叹白云悠悠。人类何其卑微渺小，唯有一腔浩气与崇高之精神可与江山风月同存。

恍惚间，见有一缕精气——人类之精神、思想恍如巨龙，遨游于江波之间，腾骧于云海之中。何其壮哉！

是什么

艺术到底是什么？

让世人啧啧称赞的画得像、写得像、演得像，是技巧的初级阶段。高明的技巧应该是活的，既有模仿对象又有自己，在世人的眼里便是不像。

表现"真"，激发欣赏者去思索，这是高级艺术的特征之一。"真"是指事物的本质，是事物内在（心）的发展逻辑。艺术是真、善、美的"变形"，是人类美好信念的体现和象征。

留空

真正的学霸不是那些整天埋头于习题集里的孩子，有创造性的艺术家也不是那些整天都在练习与创作的人。就像乐曲中的休止符、书画中的留空一样，人需要给自己留出一定的空间，可以自由、自主地支配，供自己在里面游憩和反思。

传统

对于魏晋人而言，秦汉艺术是传统、是规矩，但魏晋人撕破了一点规矩，添入自己的任性与玄想，于是楚汉浪漫主义发展成了魏晋风度。唐代人看魏晋风度是传统，是规矩，为学习方便，就约束性灵，总结规律，归纳诀窍，再融入自信与雄心，于是有了盛唐之音。宋元有宋元之做法，明清有明清之态度，愈到后来，传统、规矩与趣味，犹如风筝，愈飞愈远，而原初之规矩、传统又像一只攥住了风筝线之巨手，风筝因此而不致坠落，人类文化积淀因此而日渐丰厚。

历朝历代，总有那么一些人，不习惯按序接受传统与规矩，或把眼光投向"上上一代"，或"上上上一代"，甚至"异域"，从中觅取自己所喜者所需者。或古为今用，或推陈出新，多元登场，百花齐放。有人据此提出，艺术评价标准因此亦应多元，进而又否定、混淆高下优劣与美丑，标榜各有所爱，以开放、多元、自由之名，取消艺术评价标准。试想，若无门槛与标准，必如网络上之发声，必如杂草丛生，又何来艺术？

艺术评价是思想行为，非仅依赖于知识。思想是人本质的反映，品评艺术犹如品评人物。艺术评价有一基本且主要的立场标准，即不离

冷静的蜡梅
也有热烈的
时候,哪怕
生命的光焰
只是至美的
一瞬。

国画　蜡梅写生

开创造艺术的原初"冲动"——渴望美好。具体言之：

立意，真诚地表达对生命的尊重与热爱，表达对真善美的向往与赞美；

技法，无论繁简，无论含蓄与直率，表达自由且充分；

风格，清新、刚猛、优美、沉酣、烂漫、老拙、嫩秀……合于自然，从心灵出发。

渐顿

渐顿之说出于佛教。东晋前无顿悟之说，南朝时竺道生始创。谢灵运认为华人易于见理，故喜顿悟；夷人易于受教，故长于累学渐修。这是吾人自诩聪明，以为灵光一现，即到彼岸。殊不知此正吾人不踏实处，聪明反被聪明误处。心身分离，知行不能合一，似至实未至。学道有渐积累学而悟者；也有无论学与不学均不得其悟者；偶有顿悟者，其后日之顿常胜于今日之顿，端赖渐修之故。

有容

陶罐里塞满了泥土，就很难再容纳新的东西；给一块脏污不堪的布染色，再怎么努力都是白费。有的人内心容量有限，又充满了偏见，所以即使是有益的意见，也难以接受。

良善

良善与美德能给人带来恬静与喜悦，就像春天带来百花。花谢了，明妍的记忆结成了果实；果实熟了，旧的生命走到了尽头，新一波生命即将开启。生性良善富有美德的人懂得：生命犹如潮汐。

良善与美德还能给人带来自由和宽广，就像苍鹰飞翔在碧天，就像河流汇入了一望无际的海洋，那是多么迷人的境界啊！生性良善富有美德的人知道：高尚的生命，必同于自然。

痕迹

有一位哲学家说："一个人看到的每一个外部事物都对应于他的思想状态。"我看到水面上有一尾小鱼，吐着泡泡，摇摇摆摆地专找漂浮物嬉戏，像一个淘气的孩子故意用身子擦着墙壁走路。此时此刻，我确实是快乐的。我发现了一条快乐的鱼，我发现鱼很快乐之后我也很快乐，尽管那是短暂的。

哲学家说的"对应"应该有同向和相向之分的吧？相向和同向受外部事物的影响时也会改向的吧？就像人在旅途中或许需要转弯，或许需要调头，或许需要稍作停留。喜欢小鱼和小狗的人一定是乐观和单纯的，与忧伤做伴的人则容易衰老。天性不会改变，就像再板结的泥土也无法阻挡种子向上的信念；所有经历都会留下痕迹，经历的风霜总会写在人的脸上。

普通人的记录

一本数十年前的日记,几十张老照片,或者一叠被放在地摊上叫卖的旧信札,再或者几捆从某老知识分子家中弄来的旧书,都能给我们呈现一个时代的断面。比旧杂志上的一部文学作品、一首当年流行的老歌、一部老电影、一台老戏剧,更为真实亲切。远去的时光与普通人的记录、真实的告白相结合,构成了自然的艺术。自然的艺术具有独特的、无与伦比、无可匹敌的魅力。

无愧

我们常常惊讶于古代艺术的浑朴天真,那是因为制造者的心思犹如孩童般透明纯真;我们也常常惊讶于古代艺术巧夺天工,那是因为制造者绝虑专精、心无旁骛。当我们为"创新"而肆力模仿古人的时候,我们其实正走在与艺术创新背道而驰的路上。学古的重点是学习古人的自然与真诚,学古的目的是自己也能以自然、真诚的态度去向往、面对和表达。

我们已经无法回到人类的童年,环境也早已不可复原。我们拥有当下,所以只能直面当下,以自然、诚实的态度表现当下,创作刻有"当下"这个时代标记的作品。如果没有对当下的深情拥有和诚实表达,我们也将无法真正地拥有未来。唯如此庶可无愧于古人及后人。

何劳外求

一位年轻的学艺者告诉我,她正在寻找属于自己的风格,为此在作辛苦的尝试,希望我能为她出出主意。我颇为不解:"风格不就是你自己?风格不就是你与生俱来的天性?你的一举手一投足,风格已尽在其中。"

佛家说:"菩萨自觅,不劳外求。"诗人说:"人类是自身的星辰。"

个人风格的形成,从来都是一个水到渠成的过程,顺心缘情即可。它同时又是一个发现自己、证明自己、强大自己的过程。

风格是"长"出来,不是找出来的,不是拼凑出来的。

幽径

一个人的思想情感总会以一种特定的形态显现出来,有的含蓄,有的直白,有的夸张,有的故意表现出相反的姿态。直白容易寡味,相反的姿态易致误解,过分的含蓄使人因难解而兴味索然,最好的办法是留下草蛇灰线,做引人探寻的幽径。

妄想

艺术作品最原始的力量来源于创作者与命运的摩擦抗争。"天将降大任于是人也，必先苦其心志，劳其筋骨"一类的话亦适用于此。常人避之唯恐不及的逆境，是上天在以特殊的方式向艺术家表达它的厚爱。有人不能领会上天的深情美意，以失去尊严为代价试图去改变，为自己最终的一无所获埋下了伏笔。有人希望既能一帆风顺、步步高升，又能创作丰收，有惊世骇俗、充满力量的作品问世，那是只有愚人才有的妄想。

很多

某些令人艳羡的时代"宠儿"其实是时代的玩偶，有的还早早地成了时代的"弃儿"，就像宠物和时尚的手袋一样。自立者虽然有时也不得不与周边发生关系，但至少可以是自己的主人。大多数自立者都有一套与命运合作的方式：没有不满，只有需要努力的方向。

艺术家既要有弄潮儿一样的勇气和力量，又要自律自强如自立者。有人有幸成了"宠儿"，有人想成"宠儿"不能而心生怨愤。前者的身份在不知不觉间已悄然发生了改变，后者却仍可能是一位艺术家，因为怨愤极有可能催生出更优秀的作品，然此时之怨愤已非往日之怨愤。

惊人之语

"好作惊人之语"与"另类"都不应该成为遭人贬斥和排挤的理由。"惊人之语"与"另类"大多发生在"疯子"和"孤独行远者"身上。

瞻彼白荷，
如幻似仙。
赏者何众？
学者何鲜？

国画 荷花

对疯子当施以人性之爱，此自不必多说。孤独行远者如登上绝顶之人，其所见必非常人之所见，其所思亦非常人之所思，形之于言，常人以为是"故作惊人之语"，于其则为"常识"。

联想

集诗人与学者于一身的赫伯特·里德在论述艺术的起源，解释史前洞穴岩画的形成时认为：开始洞穴人画下的线条是无意留下的，乱画的，后来，岩画中的那些动物在洞穴人的脑海中早已构成了生动形象，洞穴人便改进自己的乱画技巧，直到能够画成精确的图像。这种图像是和洞穴人脑海中该物体的印象精确吻合，而不是和他用眼睛观察到的东西相吻合。也就是说，人脑这只无意识的"眼睛"与有意识的眼睛相比，往往是一位更有效的观察家。洞穴画给我们提供了一个价值尺度：不是写实价值，而是生气、生动和情感力量方面的价值。

由此联想到以下一些问题：

• 人脑中留下的事物的印象，是经过观察、概括、增删、提炼和抽象之后形成的，是一个化客为主的过程。表现头脑中的事物形象，好比酿酒；表现眼中的事物形象，只是复制。

• 艺术创作是一个复杂的过程：急不得，瓜不熟，蒂不落；缓不得，灵感会倏忽即逝。艺术创作须经历三个阶段：耳闻目睹（观察生活）—心化（体悟生活）—表达（再现生活）。

• 马克思在《政治经济学批判》中说："在艺术本身的领域内，某些有重大意义的艺术形式只有在艺术发展的不发达阶段上才是可能的。"远古之人社会关系简单，心灵少束缚，寡虑少畏。越单纯便越有创造的胆魄，越有胆魄，创造的空间便越大。在他们的艺术中，我们能强烈地感受到他们的祈求、敬畏、理解、懵懂与天真。原始人的心灵与表现（艺术）是直通的、不隔的，所以他们的艺术技巧简单直接，就像欣赏孩童的"涂鸦"，能从中看到神奇而又单纯的心灵世界，却顾不上用技法去考量作品水平的高下。因为无法完整精准表达事物而产生的"模糊"，在今天看来反倒具有极强的蓄涵、包容力，富有想象、抽象的趣味。

现代科技为人们提供了种种便利，比如用摄影替代"艰苦"的写生，用电脑技术代替技法训练，人们甚至不需要离开办公桌就能轻松地获取各类事物的信息和形象，艺术创作似乎可以和心灵无关。殊不知，艺术作品所表现的生气和情感，正是为了安抚人类的心灵，艺术若从诞生到被欣赏都游离于心灵之外，那么这样的"艺术"便不再是真正的艺术，其存在的价值也大可怀疑。

艺术是"笨人"的事业！最需要创作者像原始人一样用一颗单纯的心去熟悉周边的生活。当今是最需要提倡从艺者去做"笨人"的时代。

• 艺术是人类掌握的最精确的表达方式。政治、权力、经济、科学所不能表达的，艺术却能表达。艺术的形式和表达的方式可以像孙悟空的"七十二般变化"，因此即使是在最严酷的环境下，艺术也总能找到一条"突围"的路。

• 就像人是自然的一个分子一样，传统也是事物的一个分子。照抄自然不是创作，克隆传统也不是创作。"天人合一"是指人的行为合于自然之规律、大道，而不能简单地理解为把人置于山川林木之中。学习传统的重点是学习掌握传统的思想原理，掌握其发展规律、表现手法等，而不是袭取其外在的形式（仪式）。如果止步于形式（仪式），就像一直徘徊在围墙外，必然难以了解庭院深深深几许。

• 有很多"人艺统一"的例子，人们习惯于把统一的"内容"定位在风格方面。风格偏于表象的展示，而格调则是艺术的"心""德"与"趣味"，虽为抽象的存在，却是艺术的核心。人艺统一是两者格调的统一，是物质生命方式与精神生命方式的统一。有如此认识之后，如何提升艺术？艺术对社会、人生会产生什么样的影响？就不难回答了。

因果

聪明人知道断妄念、去贪心，厚德载物，真实不虚。

依靠炒作、"策划"而获得的"成功"，不过是梦中的织锦烈焰，于艺术无补，于人于己不仅无益反而有害。白居易诗云："试玉要烧三日满，辨材须待七年期。"佛说："自种因，自受果。"天下谁能逃脱因果？

三者

清高、敦厚、通达，艺术作品具其一即为高格。三者兼具，堪称珍稀。

体会

近日的创作实践告诉我：人在疲劳中，即使调整好了状态，创作出来的作品仍像一辆翻新的二手车。休息得好，精神饱满时创作出来的作品，自有一种心明眼亮、敏达矫健的美。

深入

佛家认为，能从一门深入，也能智慧如海。学艺亦然。文化好比一棵大树，有千枝万叶；又仿佛一条大河，有干流、支流无数。一门艺术，如树之枝叶海之支流，循此可达其本。

"深入"二字尤须细悟。"深入"之外，还须有坚持，有融通，此亦学艺之大要。

杰作

杰作，莫不是感于物而生于心的产物。艺者拥有一技之长后，每有感兴即以此发之，如哀时嚎、喜时笑，又如植物向阳而生一样自然而然，愈不求工则愈工。神气淋漓间，如巨流之奔泻，泥沙、草木，不但不成为奔流之障碍，反助其势也。此刻之工，"真"与"美"合二为一之工也，而非屑小技术之工也。以书画为例，意在笔先，意由心生，因不刻意求工，故心、笔无阂，离披点画，脱落凡俗，画也书也，俱是心也。晚唐张彦远把画分为五等：自然者为上品之上，神者为上品之中，妙者为上品之下，精者为中品之上，谨细者为中品之中。他说："失于自然而后神，失于神而后妙，失于妙而后精，精之为病也，而成谨细。"世人多以谨细者为上品上，谓为艺之极者，岂不谬哉！

剥除

艺术是艺术家向世界倾吐心声的一种方式，浚发于灵台，流淌于血液。

即使是一个国家级展览或演出，其中大部分作品都不能算作艺术，凭感觉可以很快作出判断，但判断的理由却很难一下子说清楚。村上春树与小泽征尔谈音乐时说到一些技巧很高的演奏家，演奏出来的音乐却不是真正意义上的"良好音乐"。村上说："其中还覆盖着一层或两层薄膜般的东西，那会妨碍音乐纯真地震撼人心。那薄膜的东西，我过去在各种地方看过太多了。无论音乐，或文章，或其他任何艺术形态，要剥除那最后一层膜，有时是非常困难的事。然而如果不设法剥除的话，艺术之为艺术的意义就会消失掉。几乎。"（村上春树《和小泽征尔先生谈音乐》）这层膜究竟是什么呢？应该是技巧、偏见和功利。

野草的长法

野草的生命之所以旺盛，是自然界大力"煎熬"的结果，人为的

"培养"往往是拔苗助长。我曾仔细观察过吴茀之多幅花鸟中的杂草画法，发觉无技法、规律可言，吴昌硕的一些随性之作亦如此。后又多次于田间水岸观察杂草的长法，竟一如"二吴"笔下。"二吴"之作，因带有野性而新、而蓬勃。考之艺术史，开宗立派的艺术家，其成长过程大多如野草。于是进一步想，如何助力"高峰"型艺术家的诞生，是一个值得认真思考的问题。

价值

一本书的真正价值（商业价值除外）不在于它的装帧和印刷，而在于它所表达的思想。艺术作品也是如此。因此不要被附加的形式、宣传和评论等左右和迷惑，但是我们现在正面临的"大势"正好恰恰相反。

不惧

在红尘中觉悟，在红尘中超脱，方为真觉悟真超脱。勇者不惧红尘。

损失

当艺者把注意力集中在细节与技术上的时候，损失的不仅仅是作品的神采、境界与格局，还有创作者应有的崇高情怀。

不要人夸,
便得自在,
其气自清。

国画 荷

格局

既能积极地汇入时代洪流,又能独立于洪流之外冷静地观察思考;由模仿他人到实现创造;由不能忘怀于功利转向自由真实的表达。如此,作品格局自大。

不作点缀

艺术如果只是作为某个主题或场景的点缀,那是十分可怜的。艺术与内心应该此呼彼应。东山魁夷的风景画,呼吸宇宙,吞吐清淑,是自然的人化,是人化的自然,令人流连忘返。

因物生法

多巧必伪,因袭多浅,唯感于心而生之法必真而切。初学时技巧不足,欲表达时遂自造相应之法以应。天分足够者,所造之法凭直觉而成,实质即是以自然天地为师。因物生法是一个体察自然的过程,由表及里,又由里而外。前者是深入地分析,找到隐藏在自然中的"艺术";后者是总结和归纳,找到隐于自然中的"艺术表现规律"。这一过程,就是由技而道的过程。

两种可能

有的评论家喜欢对评论对象所"陈列"的"景物"与风格进行绞尽脑汁、不厌其烦的描述,出现这种情况的可能性有二:一是评论家本身对所评之艺术不甚了了;二是评论对象乏善可陈,而评论家又不想说破。

形容词越多,评论便越没有意义。

判断

判断一个艺术理论家有没有属于他自己的观点,不必埋头苦读其长篇大论,但观其艺术作品即可。技法功夫允许弱一些,然不能没有个性,否则其论亦必然平庸。判断一个艺术家之作品如何,但观其举止言谈,若俯仰默默,无异众人,其作大体只会平庸。

理想的批评家

这里要谈的批评家,不专指某一领域,但他们都在某个领域拥有较高层次的专业背景。

在面向大众发表批评时,他们从自己的专业出发,诚实地说出"真相"。在特殊情况下,他们也会保持沉默,不得已时也会"王顾左右而言他",但不说假话,不欺骗、误导大众。

当"批评对象"出现了问题，他们会诚恳地参加讨论，不因周围没有给他们提供良好的批评环境而闭口不言。

对于那些尚不能为世人所接受，别具一格，具有创新意义的探索，他们不会人云亦云，随波逐流，与人"挤眉弄眼"，而是运用专业知识，对"批评对象"的探索进行分析并加以鉴定，给出明确的、客观公正的意见。

好比风筝

技巧和工力是艺术创作的基础，最终决定作品高下的是创作者的观念和心理。观念和心理好比风筝的线，如果没有足够长，不是足够结实，风筝是飞不高的。

做个"不适者"

繁荣文艺创作不适合鼓吹"适者生存"。主一地之文事者，应倡扬个性，鼓励百花齐放，有大包容心及前瞻意识。"适者生存"很大程度上是"迎合"与"奴化"，其所产生的示范效应极易造成千人一面万夫诺诺的局面。达尔文发现如果某一物种由于高度有利的环境而在一小块土地上数量异常增加，就会出现传染病。传染病会带来物种的"毁灭"。因此有远见的作者反而选择做"不适者"，其作品会因"另类"而得以逃脱"毁灭"。

批评

现在的批评文章读者之所以不喜欢读,一个非常重要的原因是其中有"一大撮"是"马屁文""商业文""胡说八道不知所云文"。也有不能归入此三类的,但板着脸说教,摆出严师、名家、大师的架子,论说滔滔,却搔不到痒处,没有自己的角度和观点,缺少生动形象的比喻,趣味对于他们而言就像一本永远封存的书。

我们首先需要一大批有热情的、敢说真话的批评家,其次希望多几个能够融汇诸学而贯通之的"杂家式"的批评家。最后,希望批评分析能够深刻一点,表达能够轻松幽默一点。正话可以反说,反话不妨正说,不要担心读者会误解"尊意",看不懂。

"繁荣"的主力

太平盛世,必求有相应的文艺与之相副,谓之曰"繁荣"。然繁荣亦有真假之分。真者乃百花齐放、百家争鸣,英才巨子联翩而出;假者则攘攘纷纷,似众鸟和鸣,然于一片"嗡嗡"声中求一宏亮之啼声而不可得,倘或有之,亦啼声方起即为音量陡增之"嗡嗡"声所掩盖。

以献媚、迎合为目的的创作,是虚假繁荣的主力之一。献媚与迎合出于自私与功利,创作一有功利掺杂必多虚伪虚假。不要以为"掺假"的创作会如"过街老鼠人人喊打",现实可能恰恰相反。由于献媚迎合式的创作是为"欣赏者"量身定做，故能很好地满足对方之所急、所需与所欲、所爱，一般都会得到或至少能得到对方以掌摩顶式的示爱与褒奖。此类创作，实为艺术生态中的毒瘤、瘟疫，其形式或许是温和的，但其破坏力却是灾难级的。

在远古，当诗、乐、舞等都还处于巫术、宗教的附庸位置时，众艺众术是一体的，犹如人与百兽率舞，彼此并不分明。艺有娱乐、使人快乐、给人以享受的功能，圣人说"游于艺"，并非无因。艺术是实现上述功能的技术而已，这一"传统"，至今仍有继承。艺术的范围涵盖很广，除文学、绘画、书法、音乐、舞蹈、雕塑、建筑、百戏之外，如今已渗透到人类生活的角角落落，比如日用器具、饮食、居所、服饰、工作环境等等，目之所及，手之所触，耳之所闻，舌之所尝，无不有"艺术"的影子。

数千年前，有识之士发现艺术除能满足人类官能享受之外，还有不少其他功能，而这些"额外"功能的产生正好又与艺术的发生之源有关："凡音之起，由人心生也。人心之动，物使之然也。感于物而动，故形于声。"（《乐记·乐本篇》）既由心生，反之亦可影响其心。"乐者，通伦理者也。是故知声而不知音者，禽兽是也；知音而不知乐者，众庶是也。"（《乐记·乐本篇》）正因为有了这样的认识，"寓教于乐"渐渐成为人的共识，艺术也因此逐步走上了一条能够不断丰富、深化、升华、成长、提高、自我纠偏的道路。艺术的特质决定了它主要是用来表达寄托心声的，艺术应该对人心趋向善良美好起到引领的作用。很显然，献媚与迎合式的创作，是对艺术本质属性的根本违背，"创作者"与

"欣赏者"的行为，构成了对人类共同美好生活的破坏。

熟练与平庸是艺术虚假繁荣的主力之二。熟练地重复，因重复而更熟练更油滑，"一招鲜吃遍天"。平庸没有风险，一般也不会受到指责，有人之所以"坚守"平庸，除个人才力有限之外，更多的是平庸约等于安全，约等于大量的观众。又因为熟练者、平庸者们多要自保要生存，所以其不会主动退居一角，反而会成为新生新进的阻力。如果任由其繁衍的数量足够庞大，且占据了好阵地，那么必然会出现"淫雨霏霏，连月不开"的愁人景象。文艺繁荣就成了光鲜的表象、骗人的把戏。久而久之，艺术能否真的繁荣倒是小事，而其对世道人心的污染、对社会文明进步的腐蚀与阻碍，倒是一件不容小觑的事。

罗兰·巴特说："文学是语言的探险。"一个努力向上的人，一个奋力前行充满活力的民族，必然会对未知的险境、神秘之境充满好奇并无所畏惧，艺术上的"探险"，仅仅是其表征。回到现实，对于许多从事艺术的有志之士来说，眼前首先要面对的是如何冲破陈词滥调和熟练平庸者组成的屏障，保存体力，然后再去开启燃烧激情、怀揣梦想的"艺术探险"之旅。

用热切的心,用期待的眼,在一片陈腐中发现新生。

风吹过:细数新荷出水来

闲情篇

国画 新荷

细数新荷出水来

早在清明的时候，我就注意到了刚从河底淤泥里冒出来的荷叶尖儿，像画家在生宣上留下的一道浅绿色的抹痕。抹痕下连着一根细而微弯满是水垢的梗，仿佛风筝的线。几天后，月牙形的抹痕透出了水面，酷似婴儿的小嘴，吐着沫儿玩似的与轻漾的水波应和着。又过了几天，月牙儿变成了稚气可爱的圆脸儿，一、二、三……开始时我还数得过来，到四月中旬以后，水面上的新荷多得像天上的繁星，又好像是无数碧色的珠宝被人随意地抛洒在一个硕大的玉盘里。我再也数不清了。

进入四月以后，我赖以为生的小企业生意清淡得怕人，无计可施的我只好暂且选择"放下"，于是有许多个宁静的时光，我倚着北窗，对着被春色染绿的濠河水发呆，或者细数出水的新荷，一、二、三……数着数着，一些与艺术相关的思绪便如这新荷，东一片，西一叶，纷纷探出头来……

臆语

连续十多日的东跑西颠，所做的每一件事似乎都很重要且必要，却为何不感到充实？反有失魂落魄的感觉？整整十多日，没有过宁静倾心的阅读，没有过从容过细的思索，整日价肉体忙忙，仿佛一头仓皇觅食的野兽。

投闲置散的心灵无所栖止。

富与贵皆如浮云，神仙皇帝也无法挽留。一生只是刹那，刹那中自有永恒。

一册书，一杯茶，半日闲；不累于物，亦不累于人，灵魂自由。

岁末拾得

春节前夕，在妻子的再三催逼下，把盘踞在书桌上的 200 多册书刊归类请入了书架，宽大的书桌上只剩下 100 多页碎纸片，像被潮水抛弃在海滩上的鱼亮着白色的、花斑纹的肚皮。这些纸片上，有我随手记下的许多个"瞬间""了悟"，内容既杂，长短不一，亦不知年月。其中多有未写入文章发表者，不忍弃去，乃择录若干，名之为《岁末拾得》。

无边春色次第来

屋前小院约70平方米，有朴树一、鸡爪槭一、枇杷树一、橘树二，另有海棠、山茶、月季、绣球若干。墙边屋角，植竹与芭蕉，竹几与三层楼齐，某晨见竹映纱窗，乃铺纸调墨欲摹，甫就，则竹影已不堪入画矣。芭蕉为今年新植，亭亭如盖，葡萄藤缘竹篱爬行，大雪将至，有叶尚青。菊花最热闹，足有五六种之多，东一丛西一簇，花色花型各异，有立有卧，随心所欲。今夏尝采摘数次，可清炒或作汤羹名曰菊花脑者，伏地而蓬勃，叶色青郁，花型极小，呈橘黄色，密缀于绿叶之上，如千年重器之锈迹。寒风砭骨，年味渐浓，屈指细数，不如意事十之八九，近日所记多为谈艺说文之孔见，艺术真吾避席畏难之桃花源也。乃诌打油诗曰：小院无人花自开，为报主人信手栽。冬来兀坐成幽梦，明年春色次第来。

扁豆花开

老宅鸡窝南侧有一枝红梅，冬末春初，满树繁花，夏日则叶绿荫浓。为扩大母鸡活动范围，用网条于鸡窝之南侧围地一角，梅树正处其中。母鸡喜于树下扒土觅食，渐成一坑。以碎砖土填实，月余如故。反复数回，遂不再。逢大雨，坑中积水尺许，数日不干，涝渍日久，梅树遂告香消玉殒。

今夏，酷热异于常，出来散步之母鸡遂无浓荫可避，躲入窝中不出。秋初某日，一扁豆藤之嫩须悄然爬上梅树枯枝，闪目扬眉间，绿叶紫花仿佛锦被般裹住整株枯梅。秋阳炽烈之时，母鸡们复得怡然静卧之所。物之盛衰兴废如此，宁不令人浩叹？周日回老宅，观母鸡悠然觅食于扁豆花下，心生欢喜，遂以"扁豆花开"四字为本段文字之名。

一年容易又秋风

橘子黄，柿子红，一年容易又秋风。

秋，自古为文章家所钟，绞尽脑汁，翻新出奇。有言"秋日胜春朝"

者,有言"物过盛而当杀者",有言"秋收万颗子"者,有言"静坐菊花香"者……众说纷纭,然秋又何尝有片刻之停留与偶一之回首哉?

若分人生为四季,则吾已悄然而入初秋矣。顶发尚乌而两鬓始斑,去日苦多,来日已少。未遇知于权要,常升高而望远;时宜难合,唯适之安;静观有得,乐如之何?斗转而星移,花谢而草黄,秋风起兮云飞扬,百川之东海兮何汤汤?

雨窗漫语

今年的梅雨季长过往年,开始两日,颇为湿热与晴雨不定所苦。一日大雨初霁,于窗下闲坐,见高树积雨滑落于芭蕉叶上,晶亮圆润,笃笃有声,仿佛法音,心地遂无上清凉。

随思随录于雨季之多篇文字,内容亦芜,组之名曰《雨窗漫语》。

那一刻

连续高温,即使是在黄昏,坚持散步都不是一件容易的事。汗珠汇成许多股水流,在人身上如蚯蚓一般蠕动爬行,水面上的荷叶,这个时候还打着卷儿。

小时候,以为一个人的不开心是以分钟、小时来计算的,剩下的便都是欢乐与无忧。人到中年后方才明白,开心的时光仿佛美女顾盼时闪过的笑靥,人生的大半会被"不如意"这三个字盘踞缠绕。不如意的日子是可以用月、季、年来计算的，而且会循环往复，散点多发，直到生命的终了。有人把人生比作是一场痛苦的旅行，不无道理。

荷花的花期有数月之久，具体到每一朵的生命周期便很有限，而且真正能够尽情绽放的也只是生命状态最佳时段的那几个清晨。与人生何其相似尔。

邻荷而居十多年，见过它初出水时的娇憨与好奇，见过它青春期的妍美，也见过它在狂风中的抗争以及严霜煎熬下倔强的身姿。今年，在最酷热的日子里，我又拿起了久搁的画笔，当水墨在宣纸上晕染开的那一瞬，我告诉我自己：我在画它们，也在画它们眼中的我。

暮色里的思绪

初冬，地气仍温，暮霭四合的乡村格外宁静，一只不知名的小虫执着地"瞿——瞿——"地独唱。点燃一支烟，鼻梁下便冒出一颗红红的星火，与之相对的远处的灯光，仿佛一只只诡异的眼。袅袅的烟缕，一眨眼，就消失在茫茫夜色里了，犹如我的思绪。

有风吹过

那天深夜，一个平时很少碰面的好友发来一篇他三年前写的文章，附言说："文中有一段记录了我们初次见面的情景，发给你看看。"人到中年，百般滋味尝遍，按说该变得"麻木"一些了，但总有那么一些人在那么一些时候，反倒变得易感起来。

130多年前，英国作家王尔德在《一些文学札记》中说："'平凡的生活和高尚的思想'不是现在流行的理想，多数人宁愿选择奢侈的生活和大多数人的思想。"环顾周遭，现状似乎依然。

我却想做那少数人中的一个。

生命犹如"烟花"

躺着。听雨声忽远忽近，看窗台上兰影朦胧。

时间或可消失，仁爱与真美永恒。

河南水灾，台风"烟花"来袭……天灾常伴人祸，人祸积久引发天灾。天下大事，离我辈很远，却又如此地如影随形，息息相关。

中国人向来认为宇宙全体是大生命的流行，自然与人类是亲和的"父子"关系。"大乐与天地同和"（《乐记》）；"君子……上下与天地同流"（《孟子》）；"静而与阴同德，动而与阳同波"（《庄子》）。西人爱默生也说："为什么我们不该同样地与宇宙保持一种原始的关系？"（《论自然》）

自然曾经如此仁慈宽厚地拥抱我们，使得我们的生命像江河一样奔流，思想像星空一样璀璨辽阔。曾几何时，人类与自然的关系却发生了巨大变化……凡喜欢奴役者，最终必被被奴役者所奴役。

不要唱什么"生如夏花"，生命其实只不过是一枚小小的"烟花"。

濠上记杂

进入2019年以来,突遭两场剧痛,由此派生之琐事,把我原本平静的世界敲击得七零八碎,感觉自己仿佛一片落叶,飘落在生活的急流之中。某日,妻子言:"原以为君尚不俗,谁知竟是一标准之俗人耳!"数月后复思脱俗,略得片刻宁静,辄读书习字,亦常立于北窗之下,神在濠水之上,每有"灵光"闪过,即加记录。先有《近思录》《片羽小集》各数千言,今又集成《濠上记杂》,名虽异,其实则一。

不俗即仙骨 多情乃佛心

天麻麻亮的时候,脑子里忽然蹦出一副对联:"不俗即仙骨,多情乃佛心。"据说此联出自广州白云山能仁寺,我是很多年前从草圣林散之先生晚年所书的一副草书对联中知道此联的。当时感叹的是林老书法艺术的境界之高:平和、饱满、通透,自成一圆融宁静世界。对于联语本身似懂非懂,没仔细想过。

在写这篇文字时,我查了一下资料,若从佛学角度解释此联,"不俗即仙骨",是指不受轮回束缚,斩断凡尘俗缘;"多情乃佛心",是指慈悲情怀,多情的佛心是在修持慈、悲、喜、舍四无量心之上生起的。

一念三千。蓦觉这副对联也可以作比较浅近的理解:

成仙,于凡夫俗子太过遥不可及,上联的关键在"不俗"二字该如何理解。不俗,当指能摆脱世俗环境的制约和束缚,抵挡得住生活中的

幽居深壑,
独自生灭。
无人喝彩,
得享天年。

国画　幽居深壑图

种种诱惑，发现自心，坚守本真。"众生皆佛"，"归源知自性，自性即如来"。能做到这些，就是"不俗"，就是逍遥自在、常乐我净的仙佛。

佛誓度众生于苦厄，虔心利益众生，因此利益众生的心就是佛心。佛的境界和法力是至高无上的，世人怎么能够做得到？如果放低标准，先做到"多情"，那么对于世人就有了普遍意义。佛陀曾把佛理分成三乘，以方便教导根器不同的众生，佛心也不妨如此分。"多情"即"有情"，既自助又助人，既自觉又觉他，爱心和善心，是慈悲心的最初一层。每个人的天资不同、能力不同、社会关系不同，所以能够具备、奉献的爱心也就不可能相同，也不应要求一律，只要有一颗利益他人的心就可以了。这样理解，也是符合"诸恶莫作，众善奉行"的佛教精神的。因此是否可以这样说：爱心与善心，也是佛心。举一个小小的例子，就在昨天上午，一个10岁小男孩从我家出去，在电梯门将要合拢时，他提醒我说："我上来时另一个电梯里有不少水，你下去时要小心滑倒。"那一刻，那个小男孩的那颗良善之心就是一颗"佛心"。

散步

黄昏时出去散步，带着时断时续的思索，有浅浅的喜悦像一只水黾从心湖上滑过。纵目澄澈辽远的星空，驰神于尘嚣之外；耳闻鸟雀相呼，失己身于暮霭。空诸一切，物我俱忘，不知今夕何夕。

最仰慕美国作家爱默生当年在康科德丛林中的散步，一起散步的先后有奥尔科特、梭罗、钱宁这样的人类精英。灵魂与灵魂之间、灵魂与自然之间，相互碰撞，思想像水一样从磕破的罐子里汩汩流出，又像原始神秘的荒野，任性、不羁、倔强……

与美同行

那天，我避开众人，选择与自然结伴同行。

我看到一棵巨大的垂枝樱下有一大群鸽子在雨雾中缩颈静默；

我看到丛竹中有一个小动物一动不动地盯着我，眼里闪过一丝疑惑；

我看到泉水轻松地越过苍石，挤过涧草，向山下流去。

我走在一条铺满落叶的山道上，因为湿润的缘故，落叶变得分外软柔，踩上去悄无声息；细瘦的长松密布山野，仰视树梢所指，苍穹仿佛神秘的洞穴。

雾来了又去，去了又来，像抓不住的幽梦，像云的发梢拂过我的心尖。

在，又已经不在

雾蒙蒙的早晨，湖水像一颗惺忪的眸子。众鸟和鸣。

我看见了一无所见，也看见了无所不见。一只白鸟款款地从远处飞临湖面，有时急浪般腾起，有时落叶般悠悠荡荡地下降。绕湖三匝后翩然远逝，犹如心头蓦然升起的莫名的欢喜。

湖水是"绿绮",白鸟是神秘的演奏者。

朝阳探出头的时候,湖面上的倒影渐次分明起来,像看戏的观众陆续进场。

人生不就正如刚刚发生的一幕?当你凝视的时候、思索的时候,它在,又已经不在……

以五蕴皆空的心,在雾起的时候唱那飞鸟的和歌。于真实处努力,就像这驱散了雾气的太阳的热力。

幽趣

经开区驰远路南侧有一小溪,东流入小池,垂柳夹岸,野苇丛生,水多浮萍,人迹罕至,自多幽趣。东南有林地十数亩,落叶如毯,有野花绽放其间,联想起昔年报刊所用之题花,取身边之景,作装饰之图案,素朴精美,饶有情趣:三片绿叶两朵花,一泓清水枝横斜。远山一抹鸣秋雁,渔火昏昏伴人眠。乃作打油诗:蒹葭苍苍,萍老池上。谁遣垂柳,拂乱天光。

柔情

夕阳透过浅碧色的窗纱照在电视机后面的背景墙上,瀹然似绿色的云雾,一盆兰花投影其中,恍惚而又真实,稀疏的叶影猫爪一样撩拨着我的心弦。

风吹过：细数新荷出水来

　　由灰色大理石组成的背景墙，上面有抽象的花纹，十多年来，我一直认为那是"荒野寒林"一类的图画，原始，辽远，寂静……里面仿佛蕴藏着神秘的伟力，自然神正在休息。

　　最耀眼的一束光是从窗纱最边上的一个侧缝中挤进来的，透射到稍远处白色的墙上，墙上挂着刚写的对联："万卷古今消永日，一窗昏晓送流年。"诗句出自南宋大诗人陆游的《题老学庵壁》。

　　刹那间，以往的、所有的悲、喜、怨、恨、痴、嗔，一起化作缱绻的柔情，从心底涌起。

希望

　　夕阳的光勉强透过窗纱，照在桌上、书上以及我的脸上。风呼呼地刮了一整天，还没有歇下来的意思，光秃秃的树枝似乎对春天也失去了兴趣，纹丝不动。濠河上不见了野鸭的踪影，水却似乎开始有些浑浊了。"水暖知鱼乐，林幽识蕙香。"前几天，张文宏医生发文说："这是'倒春寒'。"……

　　"春树弥陀佛，秋花观世音。"无奈俗人妄情，执念太深，牵挂太多，终究无法遁世逍遥。

　　几天前去文联办公室小坐，大家都说我最近运气不错，本来没有希望的事后来竟然成了。我说："很多年前，在西递宏村，有个算命的说我注定要在红尘中打滚，又说我要到现在这个年纪才会时来运转，所以，希望总还是要有的，不管到什么时候。"

不肯低头
在草莽

问答

一"观众"立于一大家作品前良久,问:"何能尔?"我嗫嚅无语。

翌日晨,脑际忽飘过九个字:"矜躁平、心自闲、气自雄。"乃告诸"观众"。"观众"又问:"平、闲如何修得?"答:"明白人生之究竟,艺亦诘问人生方式之一种,顺应自然。""观众"又云:"如此,非中国哲学迂阔,是人多无体验耳。"

半夜

午夜梦回,路灯光把一树繁影刻画于天花板上:巨干如虬,碎叶如云,枝丫如杈,观之赏之。

不知身在何处。古人云:"天命之谓性,率性之谓道。"顺应自然命运之安排,不问因由和从来,快乐,然无质,且可悲。古人又云:"修道之谓教。"人有反省意识,反省即是修养、修道。顺应、珍惜、实践人之反省自省才能,人生快乐且有质。

做一棵树

人应该做一棵树,风来则舞,风去则止,注意力应该在大地的深处。又如河流,雨时则浑,雨止则自澄清。

茄与梅、棠、樱同列花谱中，吾不知谁为冠矣。

国画扇面　园有青茄

看见

你看见湖泊了吗?浪起,浪涌,浪平;结冰,融冰。湖泊不改其大,亦不改其深。

智者于世,不为外障所迷,亦不为所惑、不为所动,智者之思想、笃情者之情愫,亦然。

痴思

与大学生朋友赴焦山访碑,去金山湖采秋,觉人生一如草木,青春一去而难再。凝视壁间古人书迹久之,忽生痴思:人或可寿同金石,青春抑或可驻足。千里江山,万里长风,若无吾辈点缀其间,何等寂寞!

交友

在"线下",进入一个什么样的朋友圈影响到将来成为一个什么样的人。"线下"的情况非常复杂,进入某个朋友圈有时可能出于无奈。出入"线上"的朋友圈有相当大的自由度,你在,也可以不在;你不在,也可以仿佛在。在"线上"接受什么信息完全取决于自己,可以充耳不闻,也可以视而不见。"线上"的阅读和聆听都可视作"交友",不管在实际生活中认识还是不认识。多交一些有思想、有质量、高品位的"朋友"吧，几年后也许自己也成了其中的一个。

中年

人到中年，肉体正加速奔向毁灭，灵魂是否能加速上升？在凌晨的残梦里，我是一条被巨浪抛弃在沙滩上的鱼，孤独无伴，夜色无边，远方涛声如雷……

很少

我们向阳光、湖水、田野、天空、高山、飞鸟汲取灵感，我们也向英雄、传说、梦想、垃圾、空洞的概念和口号索要灵感。我们很少透过万物的表象进入内核寻找灵感，很少在午夜聆听自己的内心独白和深切的呼喊！深刻和真相一直在静默中等待，而我们却如此的肤浅、麻木和油腻。

每于

每于心闲意淡或专心于读书之时下笔，笔下尘俗气自少。

四字真言

朋友嘱我宜提高"线质"，并送我四字真言：静心凝神。静心凝神即

"绝虑专一"是也。心无旁骛，无欲功利，如能再做到翰墨功深，线质自会凝练与纯净矣。

当先育人

十多年前某个晚上，省城一著名教授对我言：这一生最大的愿望是将来自己的学生中能出一到两个像林老（散之）这样的人物。十多年过去了，该教授带了不少硕士和博士，然将来能如林老者谁也？未见其兆也。联想到近日群里某生发的一条微信，言古人把人的职业上升分成七层："奴，非自愿和靠人监督的人；徒，能力不足，肯自愿学习的人；工，老老实实，按规矩做事的人；匠，精通一门技艺或手艺的人；师，掌握了规律，又能将其传授给他人的人；家，有固定的信念，让别人生活得更好的人；圣，精通事理，通达万物的人。"

通观该教授之学生，大多为"匠"，少数因职业关系勉强可称之为"师"。成"家"入"圣"，已非纯粹技术问题，关乎心灵，关乎做人之格局。艺术之格局，本于做人之格局。故，教书当先育人。

"粗""拙"

去梅庵书苑，见老艺术家张仃所题匾额，猛一看如乡村老汉，稍品味则觉韵味甚厚。想如张老之境界者，作书当不作意，乃悟：平素虽然积有工夫，然于创作时常愈欲精而愈不精，无意于精反精。艺术贵有自然之真态，精、粗之判亦以此为依据。张戒《岁寒堂诗话》言杜诗："非粗俗，乃高古之极也。"陶明濬《诗话杂记》言："拙则近于古朴，粗则合于自然。"粗俗与高古，非真识者难以区别。"拙"之另一面，实赤子之真态耳；"粗"之另一面，实"自然"而不假矫饰耳。故"粗"与"拙"，亦实一也。张仃所题此额，即为一例。

本

董其昌得董源《潇湘图》，摩挲展观，忆起曾游观之潇湘奇景，大都如此图。数年前，吾先是于杭州得赏宾虹真迹数帧，图山村烟雨远景，诗意迷蒙，疑非人间所有，抑或桃花源也。后出城数十里，天霖绵密，凭窗远眺，正宾虹之画境也。乃悟高明者本自然，得自然妙有，生机盎然；平庸者本画册，多于色相上用力。推而广之，艺术应有所本，小说本于世相故事，书法、音乐本于情感寄托，即神话亦有所本——先民惑于自然，因而依据所见而生发想象与玄思。

水墨之根

女儿在飞往波多黎各前，赶早去了一家画廊看赵无极画展，见是几十幅水墨山水，便拍了照片发我。这些山水全用中国传统笔墨，简约抽象又与中国传统山水甚异，令人耳目一新。此即赵无极泼彩抽象油画之根源与灵感之所在。齐白石昔年与克罗多聚谈后曾感慨地说："始知中西绘画原只一理。"又向徐悲鸿表示:"如果倒退三十年,一定要正式画画西洋画。""苍龙日暮还行雨,老树春深更着花",中国画不会过期,给它注入新思想,便会开出新的艺术之花,然此又非大力者不能为。

又十数年前,曾于无锡某高档宾馆见一巨幅泼彩抽象油画,学赵无极,然意象、油彩则如断线之风筝,给人以虚张声势、飘摇无据之感。赵之油画,即使小幅,也有银河旋转倒泻之势。想赵画根之根,当在人生,其力与势,当是心力,而非仅仅中国传统之山水也。

不娇人

朋友专程去香雪海看梅,归来后说梅花姿色平平,然游客络绎于道,终不解也。赏梅者未必都识得梅之好处,无非"欲看人"或"欲人看己看梅"而已。白石翁《红梅》诗云"本真不易入时夸",又云,"若与千红较心骨,梅花到底不娇人"。"不易入时""不娇人",正梅花之不凡处。梅花之美,首在品质,不在姿色。气味不同者,审美境界不到者,难得其中要领也。

害怕

每天都能看到艺友们发在微信圈里的状态:没有新意的新作,永不厌倦的雅聚,兴致勃勃的漫游、采风、笔会……而我却愈来愈孤独。

我害怕以一如既往的创作代替探索和思考，我害怕名目繁多的欢聚吞噬了诗意的寂寞，我害怕书籍慢慢地变成了一种装饰，我害怕变成一口猪……我无时无刻不在害怕中，即使是黎明时分残梦依稀。

好像是叔本华说的，"要么庸俗，要么孤独"。聊以此自慰。

旷野的味道

我喜欢这样的山水画：笔触轻松，形态天然，清淡滋润，节奏分明，漫然写去，浑不知自己，令观者置身于一独立之美学宇宙中。眼前所见有限，游心分明无限。谛视久之，又有被真山真水包围之感：那是旷野的味道，空气中有海水腥咸，微风轻柔地掠过额头，还有动植物的吸水声，一个渔夫在天地间打盹，梦中有蝴蝶翩然飞过……

路在何方

深夜11:30，陕西书家余永红发来近作请我谈谈看法，我亦回了几件近作过去请其指正。余兄认为我的作品"缺少些细节，多加些静，这样对比更强烈些"。余兄的批评正中我的软肋，我按他的指点，通过想象对自己的作品进行了修正，发现如此确实要完美很多，于是欢喜入眠。

第二天早上又想及此事。下手往往风雨快，一挥而就少推敲，这是我的老毛病了，要改亦非易事。于是设想，若是按余兄指点，加入理性，作一调和，作品是完整了、艺术了，符合了当今展赛评选标准了，但作品中的"主我"却退场了，"雷同"入场了。试问"我"将何存？

艺术真是令人无奈而又遗憾的艺术。

联想到诗，放翁情真意足，但有毛躁之病；王维韵长境高，但不见痛痒；只有陶渊明能兼两者之长，所以为千古一人，千古亦只需此一人。书法则有怀素与杨维桢，线条、节奏均造其极，不足处正其独特处，独特处又正其神之所在处。能尽善尽美者，其惟王逸少乎！

如此，资质平平的我，只好依据本性，略假理性调摄一途了。

枯荷

端午时节，梅雨缠绵，气候温适，沉鳞竞跃，草木恣长。囿于斗室数日，遂生思动之心。某日，骤雨初歇，乃收拾案头纸笔，为荷写照去也。但见挨挨挤挤的荷叶，把河水和天空的倒影都染成了翠碧色，深红的、粉色的、白色的花儿如一串串音符跳跃在水面，又如"村超"现场载歌载舞的盛装少女。

一空阔处，有两枝去年的枯荷挺立着，色呈深褐。秆如烈士暮年宁折不弯的腰；叶如残损的青筋暴绽的手掌，又仿佛两只倦飞了的鸟在拼命扑扇着翅膀。无风的时候，枯荷的倒影非常清晰，这是它们前世傲立的姿影吗？

强悍灿烂的生命永不过期，即使已经残缺不全，仍可以撼动人心！

不要问从何而来,又将因何而去。记住这曾经的相遇。

国画　荷花翠鸟

处暑后三天

处暑后的第三天,早上起来时天色有些阴沉,七点了,太阳还没有露脸。

坐在窗前,目光越过濠河,落在墨分五色的远天。没有风,一丝儿也没有。

忽然有急雨瓢泼而下。

"雨来濠河万点麻",急雨不由分说把平静的河面神奇地分割成无数个不规则的、大小悬殊的块面,犹如退潮后的海滩,也如饱经风霜的老人脸上的皱纹。一道道或长或短、或宽或窄的水带亮如闪电,游蛇一般把那些块面串联起来,整个河面犹如一块巨大的绸布,在风中舞动。

雨渐下渐小,只有零星的雨丝心不在焉地飘,恍若午休时短暂的绮梦。半个小时后,远天墨气渐逝,荷叶的色彩益发沉碧,花朵被衬托得愈加端庄、高洁与娇艳。

梧桐树叶开始发黄,有叶片在空中晃晃悠悠地飘落,又被一股蓦然而来的风托起,在空中惊慌失措地打滚,如急逝的变奏,像遭受了戏弄的命运。

凉风入窗,夹杂着雨气、尘土气和燥气。

萧萧梧叶送秋声,濠上急雨逐客情。

此身只合窗前老,云与青山淡不分。

处暑之后

太阳每天升起，清新的空气吹拂着我们。把烦恼交给昨天吧，把真挚的爱放在心间，让千里之行始于足下。

云朵轻柔，溪水明澈，鸟儿歌唱，鲜花盛开；让阴谋败露，让平庸上升为崇高，让卑微者挺起腰杆，让枯萎者恢复生机。世界须用热心去维护和修补。

万籁苏醒/笑意与晨光携手同行/窗台上的兰影舞姿轻盈/半个世纪的旅行/终于遇见了最美的风景。

漾起

秋末冬初的时候，收割后的田野一望无际。大海托起朝阳，一绺一绺白雾仿佛凝固在田野上方，犹如舞台布景一般。由于工作的原因，我常常会在那样的时刻，在高速公路上向着太阳升起的地方狂奔，那里是我行程的尽头。一种无比的幸福感薄雾一样在我心头漾起。

立冬前后

时令快到立冬的时候，天地间的色彩突然变得令人眼花缭乱起来，仿佛谁一不小心踢翻了织女家的染缸。

在这色彩的盛大交响里，各种各样的树叶就像漫天飞舞的音符。有人因落叶而感慨生命的短暂；有人因落叶而感慨生命的收场竟可以如此绚烂；喜欢思索的人，也因此说出了几句颇富哲理的话来。

十多年前，最喜欢在立冬前后出游。气候正好，风景更好。开车狂奔，感受扑面而来或沉酣或空灵的自然大美，心中遂勃勃而生画意。十多年后的今天，天地间色彩依旧，我却甘心做一个遛狗的男人。多少个清晨和黄昏，我与柯基犬蹚着落叶，享受脚下哗哗的脆响，心里满是宁静、充实与柔情。同时，心里又常会泛起几许惆怅、几丝涟漪：

我们是否过多地关注个体生命的长度，而忽视了群体生命的质量？

我们是否太多地把生命挥霍在那些无聊的思虑、琐事、牢骚、犹豫、争论、内讧、应酬上，从而导致有效生命的严重缩水？

我们是否过分地沉溺于对荣华富贵的渴慕而忽视了自身灵魂的提升？

我们是否能做到像落叶一样静美，把自己看得至轻至贱，悠然、坦荡、无畏地回归大地？

医药之父希波克拉底有句名言："人生苦短，艺术永恒。"

人的生命可分物质和精神两种，物质易逝，精神永恒。

艺术是生命的象征。

在晨风中醒来

有一天早上，我从晨风的吹拂中醒来，忽然想起自己对诗的喜爱。

风吹过：细数新荷出水来

若即若离，时断时续，竟已近半个世纪。

记得刚读初中时，从同桌手中借得一本《唐宋诗词一百首》，爱不释手，于是用零钱买了几张大白纸，裁成书本大小，工笔抄下该书，装订成册，朝暮诵读。最喜欢书中杨万里的"儿童急走追黄蝶，飞入菜花无处寻"（《宿新市徐公店》）；辛弃疾的"大儿锄豆溪东，中儿正织鸡笼，最喜小儿无赖，溪头卧剥莲蓬"（《清平乐·村居》）。 诗中所绘，在当时农村都是常见的生活镜头，仿佛自己就是"画"中的那一个。后来学了书法，常被邀去参加笔会，情急之下不必像别人那样去翻《书家必携》，而可以一口气写上古诗几首，实得益于当年对古诗的热爱。

二十世纪八九十年代，现代诗（朦胧诗）风起云涌，学着闲看，愚鲁不得其巧。若干年后，结识诗人冯新民，数次见他于半醉之后，指窗、指筷、指残肴蛛网为题，诗思翻涌，出口成章，时出佳句。那几年与朋友在启东合开了一家小书店，名曰"天天向上"，一次欲组织一次诗文朗诵会，诚邀冯新民老师当嘉宾。活动那天早上洗脸时，想起我是活动组织者，万一有人当场"逼"我也"来一个"怎么办？于是学"诗人"的样子，令自己进入巫师般神游状态，果然很快有了一首《某个早晨的遐想》。其中有句曰："子夜是精灵最活跃的辰光/我起来/看着手掌纹样/饱蘸浓墨/分明看到/心脏似的高山/血管样的大江。"把刚冒出来的诗句记在一张纸片上，装入衣袋备用。后来果如我之所料，有人要我也朗诵一首。我念完后，是冯诗人评点，不知出于什么原因，他竟认为我的诗最有诗意。受此鼓励，紧接着的一两年，我常学着"灵魂出窍"——作诗,但很快又不喜欢自己作的那些诗,以为尖新奇诡,好比人之薄命,不吉。去年岁末,随市作协去安徽采风,步入海子故居的那一刻,感觉自己一下子就读懂了海子,于是久不作诗的我又有了写诗的冲动……

诗是真和美的代名词。川端康成的《雪国》是一部小说,但在我的眼里是一部风华绝代的长诗。我喜欢小说中叶子被山野流动的灯光点亮的模样,也喜欢驹子和岛村在山谷中奔跑时,"抬头望,银河再次降临,像即将拥抱大地一样"的意象。我喜欢雨果的诗,"夜里,我在沙滩上入睡,一旁是大海"(《晨星》)。深情,厚实,朴素,开阔,原始,纤尘不染像童话。

平庸的日子像四季轮回一样无法拒绝,但自然赋予人类的不仅仅是无奈,还有真实的诗意,还有更美的灵魂,正像晴空万里时阳光铺满了海面。

后　记

  2023年7月，我发了《涧声里的思绪》与《特殊的"背影"》两组文字给苏州大学出版社原副总编陈长荣先生，向他请教：现有这一类文字十几万字，若想成书该怎么编排？我与陈总相识已有十多年，钦佩他眼光独到。我曾有两本书稿，刚说了出版设想他就给予了肯定，又作了简明扼要的指点，两本书面市后，发行情况及读者反响果然如其所料。陈总阅后回复说："愚意每册随笔分几札，每札均冠以雅名。从长计议，首册之命名，题目不妨稍阔，以续来者。"后又在通话时鼓励我说："以我30多年的编辑经验，这是一本好书。好好策划设计，一定能畅销。"现在的体例，就是按照陈总当时的指点编辑设计的。

  本书中的"片言只语"，主要来自于平时读书、临帖、创作、散步、闲观、静坐、梦醒，以及与人谈话时的"一闪念"。"闪"后记录，又由"甲"而联想起"乙"，由"乙"引出了"丙"。有的初时模糊，后随着探究的深入而清晰；有的初时清晰肯定，后又反转；有的初甚得意，后则弃之。很高兴自己能从书法起步，进而尝试以其他艺术方式表达自己的意见，再进而对社会、历史、哲学产生一定的兴趣。书法是我的追求，但绝不会是唯一与终点。

  写作本书的时间跨度应该有10余年之久，最需要感谢的是南通日报社的顾遐老师，多年来她坚持给我以"随到随发"的偏爱，犹如给灶膛不断添柴，不然我恐怕无法坚持到今天。另外还要感谢《书法导报》的宗致远先生、《东瓯》杂志的董联军主编，以及《杂文月刊》、人民日报专属媒体账号人民融媒体、学习强国等媒体的多次转载编发……

将近60年的人生经历告诉我：人生于世，首当真诚，次而仁爱，三宜智勇。真、诚、仁、爱是我一生奋力坚持的目标，而智与勇则是实现这一目标的保障。有智才会有看清事物本质的能力，认识自己，懂得选择和放下；有勇才具推进事物前行的胆魄与心力，勇于有为，也勇于不敢。

世界无限大。无限大的世界由无限个小世界构成，每个小世界又由无数对纷纭复杂的矛盾组成。倘若做到既入乎其中又出乎其外，那么会发现绝大多数在当时看似意义重大的纷争、事件、论证、解释都是多余的，最终都不得不又回到原点。

2024年3月的一天，在碧波粼粼的濠河边，诗人冯新民在翻阅了这部书稿后说：

"这世界，'三言两语'就够了。"

作者
2024年4月